寂寞太近，而你太远

肆一 著

北京出版集团公司
北京十月文艺出版社

自序

没有人能让你觉得自己不重要

因为总是凝视着另外一个人，所以忘了照看自己；因为别人不看重自己，所以也觉得自己不重要；因为他对自己不好，因而开始认为自己不值得被好好对待。最后因为爱情不要自己，所以就连自己也否定了自己。我们都一样，在爱的时候都是这样。我们总会不小心忘了，其实自己很重要，自己永远都值得被温柔以待。

正是因为害怕被嘲笑，担心着一说出口就承认自己输了，所以那些不敢张扬的心情，总是小心翼翼、颤颤巍巍地被隐藏起来，然后在夜深人静时，就着阴暗的掩护，悄悄地探出头张望。即使没有答案也得不到答案，仍然反复问着自己："为什么想

要的那么简单，但爱情总让你觉得自己要求太多？”也不想让别人看到自己的眼泪，你不要自己这么不争气，所以只好躲起来，不要让伤心找到自己就好。那段时间你用了最大的力气与伤心玩捉迷藏，但后来才发现只有寂寞闪不掉，一直都在身后尾随着。尽管寂寞悄然无声，但在心里却发出轰天巨响，紧闭双眼仍在耳边作响。

如果是这样，那就躲到这里吧。歇息一下、停靠一下，好好感受自己的心情，而不是顾虑别人的，有些时候，停止其实是最好的前进。那就躲到这里吧。我希望这本书是你可以遮风蔽雨的地方，在伤心与寂寞之间的间隙，有个得以喘息的空间。

这是这本书的初衷。给努力在坚强起来的、还不想放弃的我们，一点点的安慰和勇气。就像是轻轻拍拍肩膀说“都会好的”一样。这是一直以来，很想传达给大家的话。

不知不觉，这已经是我的第五本书了，原来已经跟大家说话说了这么久的时间。想起时，仍然觉得很不可思议。很感谢你们喜欢我的文字，谢谢你们让我觉得自己写的东西不仅仅是一个人的自言自语。谢谢你们的陪伴，我始终满怀感激。也谢谢一直都在我身边的家人和朋友，因为你们，所有的事物都有了新的意义。

我们都不完美，但总是努力让自己更美好。过程常常很艰难、有时也会想放弃，可是依然走到了现在。所以，如果他已经走了，请告别他给的伤心，留下自己，不留眼泪。已经很难的事了，就不要再让自己为难。

最后还是要提醒大家，这世界上没有一个人可以让你觉得自己不重要，也不要让别人来决定自己是否值得被爱。你的好、你的珍贵，都不需要另一个人的肯定才能成立。

要一直记得自己的好，即使距离完美还很遥远，但永远都值得被真心诚意地对待。

祝好

目 录

1

我拥抱着你给的寂寞

2 你走了，寂寞亮了
8 爱的副作用
12 要多好，才算足够？
16 提问爱情
22 相爱的证明，背叛的最佳证据

26 你迷信爱的预感，但不信坏的征兆

32 听说我们不再相爱

38 最厉害的第三者，其实是男人心里的那个贼

42 坏的是人，从来都不是爱

目 录

2

伤心问："你还好吗？"

48 伤心的人最怕听到"你还好吗？"
52 他只是不够好，起码不够好到足以跟你继续往下走
58 你不能否定我的爱
62 爱才是恋人的第一考量
68 "如果"的爱情

Contents

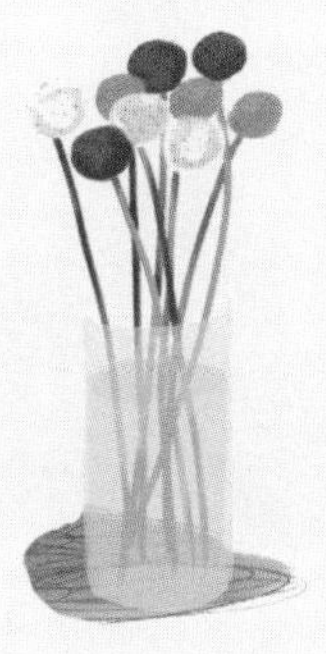

72 决定爱情期限的、是自己对爱的定义

76 就因为无法为外人所道，所以才叫“秘密”

82 有爱，才有意义；不爱了，什么都无须在意

86 耐心，不是治疗他伤口的解药

目 录

3 刚刚好的寂寞

92 甜刚刚好，寂寞也要刚刚好，这样，爱情就会很好
98 旧情人的新情人
104 复合最难在公平
108 没有结婚的错
114 外表，一种爱的务实表现
120 曾经有人对自己，那么好

Contents

124 爱情没有谁先爱谁，只有幸福与不幸福

128 距离从来都不是最大的考验，没有心了，才是

132 一个人要先开心，两个人才有可能会铭心

136 每一次的相恋，都是一场命中注定

142 爱情没有新旧之分，只有好坏的差别

目录

4 我们都会好的

148 都会过去的
154 吵架之前，你先学会和好
158 爱情是汽水与水，汽水是“想要”，水是“需要”
162 爱与被爱都好，只要幸福了，就很好
166 全世界只要一个他的爱慕，就足够
170 爱情的终点不是婚姻，是从此而后的幸福

Contents

176 两个人的条件很难相同，但两颗心的分量却要相近

182 爱情，可贵的是专一，从此你再也不迷信唯一

186 “希望你能好。”是给自己的祝福

192 让我们互相保护

196 过节，比不上跟他牵手过街

他转身离开之后，寂寞高挂，
像是不歇息的太阳，而你忘了自转，
于是不分昼夜被照耀着。
寂寞成天闪亮，照得你终日心慌。

Chapter 1

我拥抱着你给的寂寞

你走了，寂寞亮了

所谓的“寂寞”，不是他离开了，自己孤零零一个人；而是，他已经很远了，但却始终觉得他还在。每每只要这样想，最是寂寞。

第一次深刻感觉到它的存在，是在他离开后的第一个夜晚，深夜的晚安铃声没能准时响起，但你总觉得有动静，先是屏气凝神，而后草木皆兵。你不时张望手机，仔细聆听，生怕遗漏，愈是专注就愈是静默，愈是静默就发现愈是喧嚣。寂寞取代了来电铃声，终于开始喧哗。然后，从此就住了下来，在你身后随着，冷不防地就拍打了一下你的肩膀，于是你只得终日频频回首。

接着，你开始习惯阴暗的空间。你把灯都关了，只留下桌上的小灯，跟着也换了灯泡，一点明黄色的光晕就燃着，像小火，这样让你感觉稍微温暖，很好。你在光线模糊的空间里移

动，来去自如，昏暗让你有安全感，你隐匿在其中，只要不出声，就不会被寂寞找到。只要不够明亮，也就不会看见寂寞张牙舞爪。可是你这也才惊觉到，他一度是你的去向，望着他就等于向着光一样，然而他走了之后，你以为世界会就此黑暗，但没想到寂寞却亮了。

他转身离开之后，寂寞高挂，像是不歇息的太阳，而你忘了自转，于是不分昼夜被照耀着。寂寞成天闪亮，照得你终日心慌。

然后，又过了一阵子，你逐渐习惯了寂寞的陪伴。就像是突然从光亮的地方进入了阴暗的空间，眼睛终于适应了光线，日子开始习以为常。甚至，它更让你有安全感，只要有它在，就不会被其他人打扰；只要有它在，你就不怕受到更多的伤害；只要有它在，你就可以专心地只照看自己就好。你把寂寞当成了一种救赎，互相陪伴，但不多做打扰，这样很好。这样的日子，没什么不好，相安无事，是相处的最高境界。

你真心以为，平安就是幸福。但不知怎么你却发现，有时候就连要真心地笑都觉得勉强，于是你这才惊觉，原来自己并不快乐。你的心满意足，竟只是一种冀望、一种假想，而不是成效，你只是用最低限度的方式活着，而不是在生活。所谓的“平安就是幸福”，其实包含了平静的喜悦，而不是别开脸的粉饰太平。跟着你也会发现，自己不过是拿寂寞替代了爱情，填了空，但它却从来都不是爱情。你的心满意足，一下子就破了功。而你所有自以为的攻不可破，其实都只是掩耳盗铃，只消轻轻一碰，寂寞就铃声大作。

后来你才懂，原来是自己把“一个人”当成了一件坏事，所以才会急于掩盖，所以才会生长出寂寞。独身长出了惶恐，

跟着惶恐灌溉出了寂寞，怯懦再使它茁壮。可是一个人并不是坏的，单身当然跟恋人不同，但都有各自的好处，只要凝视的方向对了，就能有收获。只是因为你还想要两个人一起生活，所以才会误把它当成坏的，你终于明白了。

他走了，或许寂寞照亮了你，但你再不打算回避，你希望借此看看自己，跟心里的自己说话，陪自己散很长的步、每天回家试着为自己下厨，你开始学着把日子过成一种情调，而不是凭吊。你努力过好一个人的生活，然后去想，有机会再找个人一起生活，但不是非要不可。一个人，随时随地都要让自己觉得好，才是你最重要的事。

爱的副作用

你发现，单身的痛苦并不在于自己是一个人，而是自己曾经是，两个人。

你谈过心无旁骛的恋爱，很简单也很单纯，两个人总有聊不完的话题，没事就腻在一起，只要两个人在一起就是打发时间。没有用不完的时间，只有还没去做的事。那时的你们没有目标，但却一起走了好远，你的左手掌始终有他右手掌的温度，他的掌心朝下，你的掌心朝上，就像是他在保护你一样。整个城市都有你们的足迹，你们周一去大卖场，周三吃小火锅，周五去逛街，东区或西门町都可以，然后周末挑一场电影看。你们的生活很固定，但你生平第一次看到了未来。

在那个时候，即使流了眼泪，但只要大哭一场就会蒸发，爱情没有任何副作用。

后来，你恢复了单身。并不是什么声嘶力竭的决裂，你们分开得很祥和，甚至最后还给了彼此拥抱。你们约好了当互相

关心的朋友，换另一种形式再一起度过下一个三年或五年。以前的你不相信什么缘分，但后来却发现其实每段爱情原来都有寿命，就跟人一样，你只能很努力，但无法保证什么。你在爱里面成熟了，但有时候爱情就是跟不上彼此的脚步。爱情有爱情的命，对此你很了然，没有不服气，只有很可惜。

你又回到了初生的模样，你把那些在爱里得到的力量拿来照顾自己，一个人逛超市，一个人吃晚餐，周末则多花点时间在家里与自己相处。但是，却隐隐觉得自己有些不一样了，就像是那把约定好不拿回来的钥匙，你把某部分的自己交出去了。你开始听到自己的心跳声，就在耳边回荡，而且随着单身的时间拉长声响就愈大，几乎让你喘不过气。你以为这是孤单症候群。

但是，跟着你却发现，你的痛苦并非来自单身，而是来自于你一直记得恋爱的美好。你的记忆、身体都牢记着那些有过的美好，抓着不肯放，因为得不到，所以长成了苦涩。你不是害怕孤单，而是害怕“再也没有那些爱的感受”了。于是，在深夜里，你每每想起这件事，心就变得加倍慌张，几乎就要被铺天盖地而来的寂寞给淹没。

你这才发现，爱的副作用是，害怕。

那场恋爱教会了你如何在爱里自处，但却没有告诉你，如何在失了爱里头生活，就因为恋爱过，所以你跟着知道了害怕的滋味。但是，同时你心里也清楚知道，爱情的美好并不会因为这些痛苦而一笔勾销。因为你的痛苦并不是源自失去，而是害怕。

于是你明白了，自己只是暂时对爱情过敏而已。但旧爱的余温会散掉，就像是冬天里的暖被，你会醒来，然后在天亮时打个喷嚏，知道自己终于痊愈，然后跟另一个人一起过下一个冬天。

你后来也才知道，原来其实这些都是爱情的一部分，相爱时相依，分手后则是要学习微笑。

要多好，才算足够？

“为什么是他甩我？”他离开了之后，你一直对此耿耿于怀，这件事就像是你身上的夏季晒痕，过了两个季节还褪不去，冬天来了还赖在你身上舍不得走。因为你不服气，因为你对他很好，因为你对他好到连自己都觉得不可思议的地步。

在他身上，你看见了另一个自己。他犯了错，你的第一个念头是“我哪里做得不够好”；他辜负了你，你想到的却是“我要让自己更好”。你猜想对一个人好，就等于留住了一颗心。

“好”那么珍贵，没有一个好是理所当然，因此对方应该珍惜，就像是你对他一样。所以你不问收获，只问对不对得起爱情。你不担心自己受苦，只怕冻了爱情的花长不出果。因此努力让自己更好，对他再好一点，你想象“好”是沙漏里的细沙，每多付出一些，终会累积成爱情，这是你的迷信。但没想到他一个反手，一切又归零。

你相信“好”会被看见，只要自己做得到。但怎样也没料到，对方可以不要。

后来，你对自己生气。其实他没那么好，即使是身在其中的你都看得出来，但你却老觉得自己配不上他，你用他的错来否定自己，然后还觉得自己不够好。所以你不甘心，在门外摇旗呐喊只为求得一次重新答题的机会。你也气自己，气的是你对他的好恰恰映照出你对自己有多么不好。你开始发现自己原

来没有自己想象中的了解自己，你的假设都只是假设，真实永远都不会照着你的步伐走，爱情也比你以为的残酷，根本没有给人反悔的机会。

你用了很多的泪水才学会，原来，“好”不是爱情里的必须。

就像是他之于你，他对你不好，却让你死心塌地。那时候你才真的懂了恋爱用的是心，而不是大脑，逻辑分析无法帮助你谈好一场恋爱。就像你也无法跟外人解释他“哪里好”，“好”是一个形容词，而非名词。而“好”是由爱产生，而不是用“好”长成爱情。

但可以确定的是，“好”不是爱情里的主餐，而是配菜，没有一个人会为了配菜上餐馆。

而当爱情只剩下你的好，距离失去比较近，离拥有比较远。你终于明了，“好”就像是你在 16 岁那年就挑好预备在婚礼播放的歌曲，只有懂得的人才能感受到，只有对珍惜的人才能产生意义 。就像是酸甜苦辣，每个人都有各自的体会，你无法用自己的舌头去替他人感受，就也好比他不要的那些“好”。

原来，“好”从来都没有足够不足够的问题，只有珍惜与不珍惜的差别。

退到最后，离开了那场爱的风暴后，你才搞懂，其实你可以把对他的“好”拿来给自己。或许他会辜负你，但只有你懂得自己的价值。其实谁先提出分开并不是重点，重要的是你跟一个烂人分手了。为此，你就值得好好庆祝。

从今天开始，你可以为自己在夜里点一盏灯，把位置空出给另一个人，而不是为他留门。至于你的“好”，你可以先留给自己。

提问爱情

在爱情前面，你有那么多的为什么，甚至，最后你开始觉得疑惑已经多于期待。

你很想问爱情，为什么谈一场恋爱这么难？

你看着新闻头条，感到一阵沮丧，电视上的女星都嫁过两任老公，生了三个孩子，眼看已经要再嫁第三回了，而且她才二十五岁。而你，不过只是想要谈一场恋爱而已，这样的愿望，很过分吗？仿佛是一个贪心的孩子，奢求自己得不到的蕾丝蓬蓬裙一般，你用羡慕的眼光看着聚光灯下的女孩，自己站在阴暗的角落，觉得被世界遗弃。你并不奢望一个高大英俊、家财万贯的对象，只要一个懂你的人，一个可以在你心情不好的时候，不是试图逗你笑，而是为你泡一杯热茶的他。你的愿望如此简单，可是爱情却怎样都不简单。

你怎么样都不懂，自己只是想要爱，而爱情却常常让你觉得自己很奢侈。你也试着猜想，是不是自己做错了什么，才会在爱情门口投递了好几封履历信，却都被退回。心慌是盏台灯，在夜里还张扬着，让你不得眠。你就着灯花了好几个夜晚重新审视履历表，却发现上面连一个错字都没有，但爱情却让你吃尽了闭门羹。于是你不停地问爱情，是否自己缺了什么？你看着拿到恋爱入场券的人，以为可以从她们身上找到典范，但只换来更大的打击。

你发现自己并不比她们差，你唯一输掉的就是——她们拥有爱情，而你没有。

接着，你听见了耳语，有人说，爱情需要缘分。因此，你问，缘分在哪里？多拜几次月老，多系几条红线，东北方再摆上粉红色水晶，这样够不够？算命师父说你的真命天子要一年

后才会出现，但已经过了三个一年，你递出去的红包却比你跟异性牵手的次数还要多。你看着同学通讯录上的已婚名字愈来愈多，觉得自己离爱情愈来愈远。你并不贪心，但却连下场的机会都没有，恋爱候补名单上始终都不见你的名字。

你又问，爱情为何总是让人伤心？要多努力才能够拥有；要多虔诚才能够留住；要多温柔才会被珍惜；要多么坚强才不会受伤？到了最后，你开始问，爱是什么？但爱情始终沉默不语。可残酷的是，这些疑问句并没有让你就此不要爱情，反而加倍提醒了你的欠缺。伤心没有把你推向太空，反而像是地心引力把你从天上向下拉，让你在爱里下坠，几乎破碎，觉得自己被恋爱给丢弃。

在爱情前面，你有那么多的为什么，甚至，最后你开始觉得疑惑已经多于期待。但同时，你的心里也明白，你并不是不想要爱情，从来都不是。问题是在于你那么想要。不想要一个东西，并不会伤人；但那么想要，却得不到，可以毁掉一个人。对于爱情，你还是有很多的疑问、有那么多的不服气，你不停

地问，但绕了好几圈才发现爱情问不来，自己还在原地。

可是，爱情是一种映照，让你可以面对自己，从一开始不甘心，到最后你开始学会在爱里诚实，纵使它有多么让你伤心。你终于明了，在跟爱情争道理之前，不能先输掉自己；而在问爱情之前，你要学会先问自己。

或许爱情没有解答，但你却能聆听自己，在等爱的路上不让自己迷路。然后，随时上路，再爱一回。

相爱的证明，背叛的最佳证据

终于，你必须难堪地承认，在被背叛的过程之中，其实要发现些什么线索并不难，最难的是，你要什么都没有察觉。

两个人在一起，无论开始的步调差异多么大，即使后来也不一定速度能够完全一致，但只要时间够长，总会、总能培养出来默契，某种一起往前走的方式，或许不够完美，但却是独一无二。而这，就是一种心照不宣，是属于你们独有的相处方式，别人模仿不来、强求不到。就像是行星轨迹，你们培养出了专属于彼此的恋爱常态相处模式，然后运作。

也因此，只要稍有变化，你轻易就能察觉。也可以说，你不用刻意去观察，就能够感受到其中的不同。你知道他说谎时会摸耳朵，你了解他最忙碌的月份是在3月和5月，现在不应该是加班的季节，你也清楚他偶尔会不修边幅，但只有在恋爱的时候会特别在意外表，就跟当初你们刚在一起时一样……你了解他的一举一动，这些都是你们一起经历过，然后累积起来的宝藏。所以，哪怕是只有一点点的不同，你都会在第一时间就发现。

你怎么也没想到，你如此珍惜的两人回忆，那些你们一起创造的，现在竟成了背叛的最佳说明。有的，不仅仅是你们相爱的证明，现在也成了伤心的证据。

再后来你才理解，原来劈腿需要的不是好演技，反而是不作戏。你们要像寻常一样，偶尔斗嘴，然后和好，闹闹小别扭，然后再讨彼此欢心，而不是他开始一味地对你好，一争吵就先道歉。过分的好，就是一种不自然，就像是突然的一束鲜花、一份礼物，都是蛛丝马迹。女人用购物来发泄不满，男人则靠送礼来消除愧疚感，你太明白这点。

所以，你并不需要依赖什么过多的证据来佐证他的背叛，你只消用自己对他的了解，就可以推敲出几分。抓奸在床、卫星定位、跟踪追逐……原来都不是在找证据，而是在确认。因为怀疑了，觉得不对劲了，所以才穷追不舍，非要亲眼看到才算数。你要求证的，不是“他不可能会这样对你”，而是“他怎么可以这样对你”。爱情的开始讲求的是感性情绪，但唯有在变心的时候，才追求理性科学，你觉得有点讽刺。

可是，劈腿不讲眼见为凭，因为眼见了，有的只会是决裂，而不是什么凭借。经历过了，你才懂这点。

最终你发现，爱情就某种程度而言是一种互相的讨好，只不过这种付出是一种心甘情愿、一种你来我往，而不是单方面的给予。所以，当他开始把该给你的好拿去给了另一个谁，你也要试着收起该给他的好。你不是小气，也不是吝啬，只是，你知道自己很好，所以也值得有人对自己好，如果他不行的话，你也可以不要。

恋爱，是一种让自己开心的方式，所以当不开心的情绪大于开心时，你要靠自己开心起来。而你，始终都要记得去讨自己的欢心。

你迷信爱的预感，但不信坏的征兆

一抹微笑、若有似无的视线、无声胜有声的默契……跟着，你就陷入了爱里。

所有的爱情都是这样开始，一点点的细微、再多一点，这些都是爱的预兆，最后就凝结成一张无边际的网，让人逃不出去。他很好，甚至有点太好，于是你庆幸自己的好运，更加欲罢不能。只是你从来都没想到，在网子上头的他原来真的是只蜘蛛，而自己不过是猎物。你以为的从此停泊，原来竟是囚禁。但就因他很好，所以你才没想到，即使后来发现了也不愿相信。

爱情里的好，原来可以变坏的，因为他那些从前的好，结果都反过来变成了对后来所有坏的脱罪。

也就像是，你明明已经发现不对劲了，他的眼神、他的语气，更不用说他的举止。但你仍继续用那些曾有过的好来安慰自己，欲走还留，所以才走到了门口又折回，一次又一次，然后每多挣扎一回，羁绊就会又加深一些，最后才连逃都没办法；而别人则用那些好来指责你，说你不懂感激，你被夹在中间，动弹不得。每每想要逃脱，那些他曾经对你的好就会拖住你，只要走得稍微远一点，反弹的力道就愈大，然后遍体鳞伤，心上跟身体满是疤痕。

但你还是用那些好来安慰自己："他以前对我这么好……""他其实没那么坏……"你们以前共有的那些美好经历，不知怎么的，今天竟变成了你对未来的愿景，以前他可以的，以后一定也回得去。你觉得好笑，笑到身体都痛了起来，低头一看，才发现早已是体无完肤。你才懂了，原来，曾经的好竟成了现在划开伤口的利刃。

你本来想责怪他，但跟着才发现是自己没离开，原本你拥

一抹微笑、若有似无的视线、无声胜有声的默契……

跟着，你就陷入了爱里。

有选择权，只是后来被自己给让渡出去。你用你的选择权，去交换了“未来或许会再好”的可能性或是念头，一直到碎裂了才惊觉得自己不仅是没了选择，而且也没了以后。

在爱情里，我们总是相信直觉、相信一点爱的小预兆，拿这些虚无缥缈来当作依据；但在感情变质的时候，却不相信那些显而易见的坏的作为。

爱情常常在不知不觉中变了调，很寻常的生活、很日常的时间的推移，日子就是在这种毫无察觉的状态下已经不一样，不会铃声大作示警，因为规律的生活会掩盖瑕疵，让人麻木，习惯了痛，也没有所谓的清醒，因为醒来就只剩碎骨粉身。

因此，才错过了可以回头的契机。回头，不是说回到他的怀抱，而是回到爱的初衷。

其实，离开了一个人跟相爱很像，都需要一个刚刚好的时间点，才能够走得掉或谈成一场恋爱。因此，在相信爱的预感时，同时也请去相信坏的征兆。爱上一个人，他一定有哪里好，否则你们不会在一起，但这并不表示人会一直都好。能理解这件事，在适当的时候转身，才是对爱情好。

有时候，离开并不是抛弃了爱情，而是保留。留下自己对爱的向往，才有机会再去爱人。

听说我们不再相爱

“听说，你们不再相爱了。”语法是过去式，句末的那一个“了”更是最佳的证明。我去过了，我已经到了……说的都是已经完成，或是已经结束的事。

因此，当这句话从别人嘴里传来时，就像是突然被甩了一巴掌似的，你措手不及，无法反应，只有脸颊上还热辣辣疼痛着。等疼痛稍微退去一点之后，你才开始追问，也才记起要追问：“他是怎么说的？”“在什么情况下说的？”“玩笑话？”无法带给人欢笑的话，怎么能够称得上是一种玩笑。“我讨厌你”“我不要爱你了”可以是情侣之间某种情话的交谈，一种稳定关系里的小情调，却不是可以对外人表现幽默的方式。

也就是当时你才发现，所谓的“玩笑话”，要当事人都觉得好笑才能成立，若是少了一方，就变成是一种恶意。

而你的追问，其实只是想要从里头寻找他还爱你的蛛丝马迹，但也就是因为这样，你才更确定了他的认真。酒后吐真言，然而在更多的时候，人们是借着玩笑说实话。因为，没有人会把“不爱了”当作对外人说的玩笑，当一个笑话不好笑的时候，就只剩下难以收拾的尴尬。而你就像是无预警就宣布终止的马拉松参赛者，没有谁来知会，身上还佩着号码布，努力想要跑到终点。但比赛只剩你一个人，散落一地的难堪。跟着你才懂了，他口中的“我们”，说的其实是“他”，但就因为不想当先不爱的那一方，所以才把你一起拖下水。

你想，你最伤心的并不是他不爱你，而是他已经不爱你了，却对别人说你们不相爱；他已经不爱你了，却在你前面假装还想要在一起，背地里却满腹委屈，仿佛被亏待。

其实，你并不是非要爱他不可，你的条件没那么糟，还不需要靠已经逝去的来获得慰藉；你还是有人喜欢，死赖着也不

没有一种爱情可以靠单方来完成，

虽然爱常常会叫人白费力气，

但一厢情愿只是一种对自己的浪费而已。

是你的优先选择。没有一种爱情可以靠单方来完成，虽然爱常常会叫人白费力气，但一厢情愿只是一种对自己的浪费而已。你也并不是没有选择权，只是，你希望自己在爱一个人的时候，可以死心塌地。因为你曾经那样被人抛下过，所以才发誓不要那样待人，一种关于爱的“己所不欲，勿施于人”。

你并不想跟一个不爱自己的在一起，你要的始终都是爱情，里头要有两颗心。爱一个人可以不要自尊，但若自己的爱别人不想要，也要记得维护自己尊严。也就像是，相爱时，什么都可以答应；但若不爱了，什么都不用应允。虽然不被人所爱叫人伤心，可是被一个不爱自己的人假装爱着，更是一种心伤。伤心花点时间就可以痊愈，然而心伤却是要时间再加上好运才能愈合。你向来都不是好运气的人，就连彩票也没中过，所以自己才更要去努力，而这些所有的尽力，都应该是建立在相爱上头。

你也不是勇敢，只是你情愿在还能好起来的时候收手，也不要伤痕累累到无法复原才放手。你在很久以前就学会不勉强、不胁迫，拼死拼活验证的常常都不是爱有多伟大，而是爱有多脆弱。

听说，我们不再相爱了？爱情不是总由人，你知道。但若不爱的感受已经清清楚楚，也请趁早说，给不了未来，至少要给得起交代。

最厉害的第三者，其实是男人心里的那个贼

原来诱惑是风，你只能尽量去阻挡，却无法做到完全隔绝。而男人的心有扇门，即便关了门、上了锁，但真想要翻天覆地，再细的门缝，都让风可以钻得进来。

一直到他口里招认了另一个她之后，你才彻底承认自己败了，你关心他的生活起居，知道他每天的行程，试着不给压迫只给体贴，尽可能做到尽善尽美、无微不至；你也认识了他的每个朋友，表现得落落大方，为的就是希望可以多懂他一些，不让他为难尴尬，如此费心劳力，就是为了防个万一。到了最后，你不仅是融入了他的生活，甚至还把他的生活变成是自己的，但怎么最后还是闯进了人？万一、万一，里面还是有个一。

你努力去思考是否哪个环节出了错，才会今天落得如此，又或者是，自己是不是不够好，才要被惩罚？对，你觉得这是一种惩罚，就像是小时候的考试，即使已经拿了九十八分，你仍会懊悔怎么就是错了一题，而忘了荣誉。原来，你小时候就是这样被教导，然后，这个惯性跟着你也把它延续到爱情里。因此你的第一个反应是觉得一定是自己犯了错，所以别人才可以乘虚而入。你也问自己是否少做了什么，才发现自己不仅什么都做了，而且还做得太多。你什么都做得太多。你什么都做了，就是忘记多爱自己一些。

他背叛了你，但不知怎的，你却还是觉得是自己的错。原来第三者最可怕的并不是夺走你的爱情，而是让你否定自己。

终于大梦初醒，在大多数的时候，“背叛”跟一个人好不好无关，而是跟会不会比较有关。因为人是群居动物，无论如何都不可能避开人群生活，同事、朋友、客户，或是偶然碰到面的陌生人，都可以是个出轨的契机。而你无法二十四个小时去监视一个人，所以只要有心，随时随地都可以是背叛的好时机。人，无法限制别人的行为，只能管好自己的心。

跟着你也懂了，最厉害的第三者其实是男人心里的那个贼。外贼好辨识，只要够小心谨慎就可以；但内贼却防不了也看不到，因为“他”不只是偷偷摸摸，还会春风吹又生，就像是杂草，以为已经拔干净了，但只要稍不留意，就从墙缝又钻了出来。

最后你才明白，原来自始至终都不是自己不够好，而是他的心不满足，对他而言，谁都不够好。

于是你不再自责，开始学会赞美那个已经考了九十八分的自己，因为没有人是十全十美，只要能做到自己的最好，就已经是完美。完美不应该是做到一百分的好，而是一种百分之百的心意对待。而犯错的人也是他，没得满分的应该是他，你不必替他的手心去挨板子。

男人心里的贼你抓不到，只能靠他自己去把关。因此，在找寻小三的蛛丝马迹之前，你先试着去搞清楚，他的心里有没有藏了一个贼。

坏的是人，从来都不是爱

如果说，伤害有等级程度差别的话，那么，被外人伤害是C；被自己所爱的人伤害则是B；而最高等级的伤害是，两个你爱的人一起联手，等级：A。

你曾经悲观地想过，或许爱情难免更新换代，但终会有自己的好友陪伴在身边，当你感到挫折、伤心，甚至对人生感到失望时，都会有个人懂你所经历过的一切，然后再把肩膀借给你。除了家人之外，还会有人对你不离不弃，这是一种天大的福气。因此，你从没想过，一场失恋，带走的不只是一段爱情，还有一段友情。你最好的朋友跟你的男朋友在一起了，你感到晴天霹雳。

你最大的伤害并不是来自他们的背叛，而是因为你们如此要好，他们是世界上最懂你的两个人，所以也最知道什么方式能伤得了你，然后他们竟用那样的方式对待了你。在开始之前，他们便确信你会因此而粉身碎骨，丝毫不费吹灰之力，有多么容易，你现在就有多么受伤。你伤心的是，他们不只破坏了你对爱情的信心，也损伤了你对人的信任。

但在所有的伤心当中，更叫你难过的是，其实你很想原谅他们，却找不到足以支撑的理由。

他们都是你生命中最重要的人，即使到现在也是。你们一起度过许多美好时光，一起欢笑，一起落泪，跟着再一起走到了这里，这一些，都不是谁可以替代，也无法抹去。你们一起累积了那么多，你从他们身上学到了这么多，所以在心碎的同时，你更加知道自己其实并不想埋怨他们，你还想爱他们。你想给他们的从来都不是怨恨，而是爱。而真心诚意地这样想，却做不到，让你加倍伤心。

原来，即使是责备也需要有对象，你终于想通了这件事。比如说，若是你的男友移情别恋，你可以痛骂小三；若是你的好友被抛弃，你可以斥责她的前男友，但如果自己男友劈腿的对象是自己的好朋友的话，你不知道自己该先指责谁。因为，你分不清楚谁对你比较残忍。

那时候你也懂了，即使是去恨一个人，也是需要力气的，何况是两个。你已经满目疮痍，连自救的力气都快没了，怎么还有多余的力气去恨。

但你也想过，自己是否终会原谅他们。因为时间是流动的，没有过不去的伤，只有强留的痛；而你从来也都是个善良的人，你对任何人都客气礼貌。你更问自己，如果自己能原谅陌生人的错，那为什么不能原谅自己爱的人呢？而他们也不是真的坏人，不然你们不会为伍那么长的一段时间，只是、只是，他们刚好对你做了坏的事，如此而已。人会犯错，他们并不是刻意想要伤害你，你懂这件事。而你们再当不成朋友，这是你最大的遗憾。

但是，在这一天来临之前，你不去想原不原谅谁，你想先饶过自己，放过那个伤痕累累的自己、不再对爱信任的自己。现在的你，只想把全部的力气都拿来过得好。你知道自己只是遇到了坏的事，但你的爱没有如此廉价，这么轻易被买走。不好的事只是拿来让自己更坚定对爱的信仰。

你不要因为他们，就把往后的爱都变成错的，因为坏的是人，从来都不是爱，你这样提醒自己，再把爱的信心一点一滴找回来。

每个人最终能够拯救自己的，都只有自己；
能够让自己好起来的，也只有自己。
一个人时，都要学会照顾自己。
然后，有天再听到“你好吗？”时，
能够由衷地肯定自己很好，那时候才是真的好了。

Chapter 2

伤心问：“你还好吗？”

伤心的人最怕听到“你还好吗？”

原来，“你还好吗？”是一个开关，只要这简单的四个字，你的眼泪就溃堤；只消这一句话，你的坚强就跟着全部缴械。

你已经连续三个月拿了全勤，没有因为整夜的无眠而荒废日常；你的体重终于没有再往下掉，甚至你觉得自己的味蕾也回来了，日子不再食之无味；你再没有缺席任何一场朋友的约会，把自己装扮得漂亮出门，没来由的低落不再是你无故缺席的借口；听到笑话你也会笑了，不会再时常于聚会中突然陷入自己的情绪中，无法自拔。朋友都说你好了，看起来不一样了。起初你有点怀疑，但别人眼中映照的你也日渐投射到自己心中，你开始觉得自己真的好了。

你以为自己已经过得很好，你一直都把自己照顾得很好，你一直都是这样以为，但没想到旁人冷不防的一句“你还好吗？”就让你哑口无言，你突然眼前一片黑暗，只能听得见自己的心脏狂跳，因为你无法打从心里说出“我很好”三个字，你的迟疑，一瞬间就揭露了你的心情。原来，你所有自以为的很好，其实暗处都藏着不好在暗涛汹涌，只是因为看不见，所以就可以忽略。但只要灯一开，就哀鸿遍野。

于是你才惊觉，“你还好吗？”这句话是面照妖镜，会反射出自己的原形，你的坚强与脆弱在它面前都无所遁形。

跟着你才懂了，一直以来自己治疗伤口的方式就是眼不见为净，只要不断提醒自己它不存在，有天它就会真的消失。你听过心诚则灵，但却努力错了方向，只是自己没察觉，所以现在才会一听到关心语句就东逃西窜。原来，你的天真并不在于爱得单纯诚恳，而是希望摆着不管，伤疤就会自动消失。虽然时间会帮助人淡忘些什么，但没有自己的努力，都只会是事倍功半，所以你的“好了”也才会一推就倒。

真正的痊愈，是指能够在面对过往时不叹气，看见回忆迎

面而来时不别过头去，然后，在它走远的时候，不再频频回顾。跟着你才明白，那些心里扎了根的曾经，原来自己只不过是把它们赶出了门，但从此它们便日夜都在门口徘徊，于是你再也出不了门，终日只听见它们来回踱步的脚步声，声响如雷，不断提醒着你的伤心。你没想到自己的眼不见为净，竟让你往后都草木皆兵。你，从来都没有学会跟它们和平共处。

到最后你终于领悟，要离开伤心或许没那么容易，但想要痊愈就要多点耐心，必须学会不心急、不胁迫，而摧毁与重建都是一个坚定的过程，平心静气才是告别一个人的终点。

每个人最终能够拯救自己的，都只有自己；能够让自己好起来的，也只有自己。一个人时，都要学会照顾自己。然后，有天再听到“你好吗？”时，能够由衷地肯定自己很好，那时候才是真的好了。你要很努力地去做到。

他只是不够好，起码不够好到足以跟你继续往下走

原来，最难以愈合的伤口并不是背叛、伤害或是欺骗，而是，自责。

他走了。你先是不可置信，再是伤心，接着责怪对方，最后再用自责告终。每段爱情结束之后，总是会经过这样的历程，你不懂你对他如此好，为什么他还是要离开？所以否认；然后，你想他一定会再回来，这不只是一种祈求，甚至包含了某种程度的天真。直到确定他不会回头了，你才真的肯面对自己的眼泪，他的坚决造就了你不留余地的伤心。于是你开始说对方的不是，你用最简单的方法来让自己痊愈，就是：否定他，你借由说他的不是来麻痹自己。原来恶言恶语是一剂镇静剂，用来让自己面对腐坏不惊慌、不伤痛。

一直等到药效退了，紧接着自疚感排山倒海而来，你才发现其实自己从来都没有痊愈过，只是因为麻醉了所以才没有知觉，因而让你产生错觉，一种海市蜃楼。接着你开始否定自己，把所有曾经对他的指责加倍加诸自己身上，你觉得一定是自己不够好，所以他才会头也不回；一定是自己有所欠缺，他才会如此狠心决绝。当初你用否定他来获得安慰，现在则用怪罪自己来得到苦味。你把这当作是一种惩罚，以为这样就可以得到救赎。

但你却忘了，两个人在一起从来都不该是谁拉了谁一把，而是谁跟谁一起了，谁跟谁一起同行了。爱情没有上下之分，只有左右相伴。

可是，你却还是责怪自己。你的自责来自于你们曾经那么要好，如今却不好，你觉得一定是有人破坏了这份美好，但就因为无法指责他，所以只好把矛头指向自己。事出必有因，总该有人被指责，否则以后你怎么对自己交代？而自己，就是那

最后你终于领悟到，
有时候一个人的转身，
与自己是否犯了错并无绝对关系，
常常只是两个人的步调不同了而已。

个罪魁祸首。然而，你却没发现自己所有的检讨与修正都是建立在否定自我上头，这是一种本末倒置，而不是前进的方式。因为所有的自我反省都应该建立于不偏颇才对，这样才会有意义，否则就只是一种偏袒、一种是非不分。

跟着你才惊觉，一段关系终结后，最可怕的其实不是从前所共有的都一笔勾销，反而是自己忘不掉也躲不了，然后再被拖着不放。所以你才会拿以前的好来当作借鉴，对照现在的自己。伤心，无药可医，而过分的自责只是雪上加霜。自省的目的是为了继续前进，这样才是对的，若单单只是成为未来的阻碍，则叫作牵绊，失了意义。

最后你终于领悟到，有时候一个人的转身，与自己是否犯了错并无绝对关系，常常只是两个人的步调不同了而已。也不是自己不够好，因为在更多时候，两个人会走在一起跟好或不

好无关，爱情从来不讲道理，只问爱与不爱，不管配与不配。自始至终爱情都是你情我愿。别人无法勉强，也不能指定，所以你不能一味地责怪自己。

爱情是，好是一起的，但坏也是两个人所共有，不会单独是某一方的错。爱情里的同甘共苦，原来说的是这件事。

也或者是，离开的人，只是不够好，起码不够好到足以跟你继续往下走，所以才无法在未来的日子相伴。你不再自责，试着把那些自我否定，变成另一个人对自己的肯定。

你不能否定我的爱

比被一个人抛弃还要悲惨的是，他否定了你的存在。

“她对我只是迷恋而已。”“我觉得这不算是爱。”……即使是从别人的口中传来，这些话仍像是利刀一般刺进你的心脏。你的血涌了出来，因为速度太快，所以哽住你的喉咙，也哽住了你要脱口而出的疑问。

你很想问他，他所谓的“爱”是什么？为了一个人牵肠挂肚、嘘寒问暖，或是彻夜守候，这些算不算是爱的一部分呢？如果不是，那么为他喜、为他忧，又为了他担惊受怕，这样算吗？你以为这是你对爱的一种理解，但是他的话却轻易就推翻了这一切。你握在手中的爱，原来在他眼中一文不值；你以为它是温热的，但其实很冰冷。

那一刻你就懂了，原来当一个人不想要时，你手上的珍视的宝物，都如敝屣。

你们并没有在一起，你当然很清楚知道这件事，纵使你有多么地向往，可是常常爱情就是不在自己的考量之内。但即使是这样，起码你知道自己是如此去努力过了，你无愧于心、更没有对不起自己的爱，这样就够了。你曾经试着为他再坚强一次，满地的心碎不正好就说明了这一点。所以，当他说这"不算是爱"时，你感觉到自己的心又被划了一刀。

或许你对爱的理解没有他多，经历过的也比他少，但是，你也爱过，所以很清楚爱上一个人时会有什么感受、会有什么反应，那种想要为对方付出一切，想把最好的都给对方的心情，你都有过。就像是你曾经为他所做过的那些事情一样。而这些，如果不算是爱的话，那又算是什么？你也想这样问他。

而你们之间，只是你爱上了他，而他并没有，如此而已。

但并不表示，你的爱就不是爱。你经历过什么，你自己最明了，你对待他的方式，就如同自己对于爱情的理解一样，付出的心力也同等。你以自己对爱情的理解去经营跟他的关系。你并不要求他非要认同你的爱不可，但是，他也不能够否定你的爱。他拥有拒绝的权利，而同样你也拥有选择付出的权利。

没有一个人可以说，你的爱是错的。因为，这是你的爱。

跟着你才明了，爱一个人的珍贵与否，要依对方的回应而定。爱不只是一种感觉，更是一种行为。对方不需要的心意，对他来说就是云烟空气，给得再多都只是浪费，但你要懂得自己的价值。你想要爱的好，所以要把自己交到识货的人手上，爱不是非他不可，这也才会对得起自己。

你也相信，一定、一定会有另一个人，把你捧在手心视若珍宝。

爱才是恋人的第一考量

当一段关系开始锱铢必较自己存款账户中数字的增减时，说明两个人已经开始不在乎感情的多寡。

这是爱情里的最后一道关卡，你们不再问对方爱不爱我，不再开玩笑似的计较谁比较爱谁，而是开始认真地计算谁付出的比较多。多了，就要拿回来。思考模式从“两个人这样比较好”，变成“这样对自己比较好”。因而，爱情终于开始崩塌。爱，再也不占有优先位置。所以才会有心力去思索爱以外的其他，一种关于爱的警讯与末路。

然而，其实你从来都不会计较谁付的账比较多，爱情本来就是一种付出的体现，我们会心甘情愿对另一个人好，希望他好，然后，有能力的人多给予一点，这都是应该的。因为相爱时，金钱从来都不是恋人的第一考量，爱才是。也因为，金钱付出是爱情里最简单的讨好。只是当初的最容易，随着爱情的毁坏却变成现在的最难缠。你搞不清楚爱情怎么会发展至此，到底是金钱坏了爱情，还是存款数字是你们爱里最后仅存的东西？

也或许，之所以在最后会斤斤计较那些曾经付出的证据，是因为那是在两人关系中，这是你们之间少数有凭有据、唯一分得清楚的东西。

就因为感情是无法称斤论两的，因此才会希望抓住仅有的依据去凭借，然后论定。终于你明白了，这原来竟是一种切割，你把它当作一种关于感情告终的仪式。借由这个动作可以从此与对方没有关联，你要断了彼此的往来，就像是他遗留在你家里的所有东西一样，你不想保留，但大多数时候这并不是绝情，而是不想触景伤情。你把钱当作一种感情遗产去看待。

但正因为太容易，所以一旦计较就变得太伤人。因为爱情

你要学着在爱的残垣断壁中
留下仅有的关于爱的信念，
以后还有能力再去爱一个谁，
而不是输掉爱情还心力交瘁，
这才是全身而退。

包含了更多无法厘清的东西，所以才可贵，才叫人欲罢不能，而这些，又该怎么结算呢？也或者是，我们总是把金钱与伤心画上等号，以为只要多拿回来一些，就能在破碎的关系里多抵消伤心一点，一种变相的保全。只是你忘了，爱情给的伤从来都是在心上的，而无法用账户里的数字去计算。最后你才懂了，是自己把爱情的珍贵性变成了廉价物品般讨价还价。

当然，面包还是很重要，你早就过了只要爱情就能活的年纪，但这也不表示面包要摆到爱情前头才是，而是爱情需要适当的面包灌溉才能成长，你很清楚这点。就因为爱情最难的，就是在于那些看不见也触摸不到的感受，所以当初才会付出那些好，现在若想收回，何尝不是一种自打嘴巴、一种爱情的耍赖。

如果说，爱情的失败已经让人精疲力竭，何苦自己再多给一些为难。因为失恋最大的苦，常常都是想着给予要收回。只

是，其实金钱也是一种付出的方式，既然称为“付出”，也就像是其他在爱里的对待一样，无所谓收回。爱情的开始不是面红耳赤，结束时也不应该是你死我活。经历后，你才终于弄明白这件事。

这是一种爱的学习，付出的不再想着收回，你要学着在爱的残垣断壁中留下仅有的关于爱的信念，以后还有能力再去爱一个谁，而不是输掉爱情还心力交瘁，这才是全身而退。

“如果”的爱情

有一种爱情，用“如果”当开头，拿拉长的尾音做结尾。

“如果你……如果我们……”他这样说。虽然国文不是最高分，但你当然知道这是一个“假设句”，表示未完成，意味着不肯定，但它也包含了两个人关系再继续的可能性。而最重要的是，它是你在心中反复上演的未来想象。你们靠得很近，只差一步之遥，爱情就可以名正言顺。

因为谈过几次恋爱，你早就不是天真烂漫的小女生，对爱情的憧憬也已经跟从前不同，因此理解爱有时会不完美，接受情总是有所欠缺，所以更知道爱情有时候需要一点努力。就因为如此，因而你加倍付出。觉得自己只要再多坚持一些，就可以填补不足，想用更多的努力来将“如果”变成肯定句。勤能补拙，长辈曾这样告诫你，同理可证，爱情也是，勤奋可以填补不完美，你这样告诉自己。

因为爱情很难，哪怕只有一点幸福的机会，你都舍不得浪费。

所以，你自顾自地向前张望，遥想爱情的模样，口渴递水，天冷加衣，只穿他喜欢的颜色款式，圣诞节还没有来临你就织起了毛衣手套。只要是你想得到的，你都去做；想不到的，你拼命去想。你不怕给予的白费，只担心做得就差了一点。他的爱情名分上还没有你的名字，但你却已经变成他的。他是你生活的重心、你的快乐与悲伤，你活得像他，却不像自己。

可他的爱情却还是离你很远，他就像太阳，你一抬头就看到，似乎只要伸手就可以抓到，但不管你如何追逐，始终在远方。你放开手，上头只有风，既看不到也没有曾经拥有的证明。然后，你又想起了他的"如果"，最后你才发现，虽然他的如果里没有句号，但其实你们的关系早已经是句号。没有如果的如果，你怎样都没想到，原来"如果"还有另一种可能性。你

的未完成，他早已经完成。

到头来，原来只有你不懂而已。怎么，他所谓的如果，其实是没有如果。

你花了好久的时间才弄清楚，男人的心中没有假设句，同样也会挣扎，也有顾虑，但他们的“要”与“不要”却是明明白白。原来他的迟疑并不是假设，而是一种模拟，一种转换跑道的观望。就算是一种迟疑，也只是你跟他，而不是你们。自始至终，你们的爱情都是单数，而非复数。他的“如果”，不过是一种甜美包装，就像是糖果一样，光鲜亮丽、甜蜜芬芳，但终究只会带来热量。他只是不想伤人，更不想当坏人。

爱情里面没有“如果”，只有“在一起”。或许“在一起”并不能保证什么，“如果”却只会让人伤心。

决定爱情期限的，是自己对爱的定义

有时候，离开一个人，并不表示自己不爱他了；而选择留下来了，也或许与爱无关，但却跟情有关。

以前，你曾经认为一旦不爱一个人了，就该洒脱地离开，若是还留下，是一种残忍、一种对爱的嘲讽。就因为如此信仰爱情，所以眼里才容不下一点杂质，你追求爱的纯粹极致，怎么可以接受两个人在一起却没有爱？所以你才去逃、去躲，就是担心陷入没有爱的关系当中，你觉得这是一种对爱的尊敬，更是一种对爱的追求。却没想到打滚了几回之后，现在仍是孤身一人。你觉得自己没前进，但也没后路。

也就是那时候你终于想到，自己一直以来所谓的“纯粹的爱”又是什么呢？一直以来自己所追求的究竟存不存在？而当我们说着“不爱了”选择结束一段关系时，指的又是什么？跟着你才发现，原来我们所谓的“爱”，其实都是每一个人自己所定义出来的，从来都没有人规定爱非要怎样不可，是自己决定了爱的样貌，以及爱的来去。原来，我们常常只是把"热情不再"跟"不爱了"画上等号，是自己把那些爱情万岁变成了一种像是口号般的空洞。

决定爱的期限的，从来都不是运命或缘分，而是自己对爱的定义。最后你这样感悟到。

因为，只要激情一消退就转身，其实代表的并不是一个人爱情至上，说明更多的只是那个人的自私而已，爱情本来就包含着责任。责任，是爱的一部分。而只要打着"不爱了"的旗帜就为所欲为，不是在赞颂爱情，反而比较像是对它的一种诋毁。轻易就选择离开，更只是说明了自始至终谈的都只是一个人的恋爱，而不是两个人的。因为，爱情是在教我们学会善待彼此，把对对方的好变成也是对自己好，而不是只想着自己怎样才最好。

两个人一旦在一起了，不管最后所谓的爱的感觉会随着时间益发浓烈，或是被冲淡稀释，但感受却会堆叠，只要相处够久，都会变成自己生命中难以磨灭的一部分，谁都取代不了，也都无法替代。而这，或许就是爱情更重要的意义。也就像是陪伴，它的意义并不在于两个人一起做了什么，而是两个人在一起了。

如果说，爱是一种激情的话。那么或许爱会随着时间的拉长而消失，但情却不会。因为情分是一种时间的累积，爱情、爱情，而它就包含在爱里面。

不想待在一个人身旁，不是没有爱，而是厌恶。不爱了，不会让人想逃离，只有无法忍受了，才会想逃。所以，"不爱了"并不是离开一个人的理由。你再不打算接受这种说辞。而今后，你也开始试着去找跟你一样不相信的人，一样不相信激情，但却相信爱的人。

就因为无法为外人所道，所以才叫“秘密”

年轻的时候，你总是把坦诚与爱的深浅画上等号，然后细细思量。

你追求的是纯粹干净的爱，一切都要透明清晰，就连过去都要一览无遗，才能称之为爱。然后，再把两个人的关系建立在这上头。你猜，那多少都抱持着一点游戏的心情，你把它当作是一种猜谜竞赛，过程不论，最后都要得到一个答案才算结束。那时的你也认为爱就是要毫无保留，你们不只是彼此的全部，还要知道对方的一切。

只是你从来都没想到，一个人的秘密揭晓，带来的往往都不是惊喜，而是两败俱伤的惊吓；得到的也不会是奖品，而是更多的无妄之灾。就因为把最重要的人的秘密当成影视八卦去对待，所以最后才会不欢而散。

而再稍微长大一点儿，你才更惊觉这其实是一种不公平，你不能因为自己没有秘密，就要求对方说出他的。你用自己的立场要求对方配合，对方若不肯点头，你就认定他一定犯错；对方若不说出口，你就觉得他对不起你。但你却忘了，自己拼命在追求以前的他，因而忽略了此刻站在眼前的这个他。你爱的是现在的他，却花那么多的力气去追究从前，于是开始觉得荒谬。

在受了点伤之后，你终于发现，我们总以为毫无保留可以把爱提升到更高的境界，但常常看到的只是满目的疮痍。我们也总是急于想知道对方的一切，但却从没做好无条件包容的准备。

跟着你也才明白，两个人在一起了，要一起好、一起坏，喜悲都在一起，但并不表示两个人可以一样。你们的不同，或许会随着相处的时间拉长而相近，进而相似，那都是岁月给彼

最后你只期望你们能爱得光明磊落，

但不再要求阳光照耀每一个角落。

此的礼物，以及两个人共同努力的证明，但仍旧不可能完全一样。就像是双胞胎，再怎么相像，终究还是两个个体。也就如同情侣，即使挨得再近，也会有间隙，一点点距离有时候反而会带来好处。

就像是"秘密"之所以称为"秘密"，就是因为里头包含了无法为外人所道，以及难以言喻。就连想要诉说，都不容易，这也是秘密的难处。终于你才这样感悟到。

当然你还是会想要知道对方的所有，因为这是一种爱的体现，但同时你也开始学会体谅。他的秘密，若他愿意，有一天你就能知道。虽然你不知道需要等待多久，但你想你们相爱的岁月还很长，总会有机会，时间就是一种让他准备的过程。你等他先开口，等他不再以为秘密是秘密了，而不是咄咄相逼。就像是伤疤，要温柔对待，而不是蛮横处置。

你们在一起了，一起往同一个方向走，但你不再要求全盘

托出，只要爱得毫无保留，你允许对方保留自己，拥有一些属于自己无伤大雅的小秘密，那无关你们的爱情。你们还是靠得很近，不过是有时候一步、有时候两步的差别，最后你只期望你们能爱得光明磊落，但不再要求阳光照耀每一个角落。

有爱，才有意义；不爱了，什么都无须在意

爱情，要两个人才能成立，但分手，却只要一个人就可以完成。你的眼泪发出抗议，却都被无声的黑夜给吞没，天亮后留下一地伤心。

关于他的离开，你曾经很不服气，你的不服在于一切毫不合理。你相信任何事都有逻辑，有果就会有因，人怎么可能说变就变，今天还爱着，明天就抛弃？没有轨迹可依，没有脉络可循，你说服不了自己，所以才希望他来说服你。你希望他可以给你一个满意的答案，让你不会在夜里睡不着，清醒时就落泪。“不爱了”并不是什么答案，只是一个“结果”。

然后，你突然想起了某次的别离，你也曾经拒绝过别人，当时对方不甘心的表情此刻历历在目。你忆起了自己那脱口而出的确切的理由，以及他摇着头抗拒的神态，原来那时自己认为的真挚诚恳，听在对方耳里都不过是一种自以为是而已。你这才懂了，即使答案一样，但只要换个位置，得到的结果就会不一样。一个人很难真的去体谅另一个人，需要说服得来的，也就不是真心接受。

原来、原来，所谓"满意"的答案，都是自己认可了才算数，因此，你永远都只会得到自己想要的答案而已，其他的都会被你拒于千里之外。

于是后来你才明白，分手了，原来所有的理由都不重要，就跟爱情一样，常常只有要或不要，而没有为什么。因为不管分离的理由再如何富有正确性，即使他说了一百万个的为什么，但只要自己不接受，就无法成立。更因为，爱情，从来都不是推理解谜，不讲求合理性，只讲接受度。

跟着你也才惊觉，自己能接受的都叫作理由；自己不想要的，都会是借口。

爱情是，有爱，才有意义；

若不爱了，什么都无须在意。

在崩塌的事情上努力，只会是白费力气。

而再随着日子的拉长，你更慢慢发现了，在某种程度上，原来所有的"为什么"其实也都没有意义，唯一不变的是，不管真实原因为何，终究都只是指向了他最后选择离开你，并无差别。任何理由摆在时间面前，最后剩下的都是结果。但这并不是说因不重要，只是比起"他的为什么"，更重要的是用什么心态去接受结出来的果，然后再将它变成一种好的收获。就因为人无法改变已发生的事，所以只能去想以后。

他的"不爱了"，其实说明的不是爱情结束的理由，而是宣告你们爱情的终点。只是当时你不晓得，所以才会去吵、去闹，最后只是让自己日夜都不安宁。过了这么久，你终于懂了，可以真心去接受了。

爱情是，有爱，才有意义；若不爱了，什么都无须在意。在崩塌的事情上努力，只会是白费力气。你很开心，自己最后可以这样去思考。

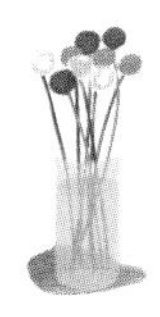

耐心，不是治疗他伤口的解药

每个人都是一样的，或多或少心上都会带点伤，不小心触碰到就会痛，不确定是否可以痊愈，很多时候都是小心翼翼。

你谈过恋爱，被抛下过，所以清楚那种伤疤，那种欲言又止的悲伤，想倾诉却又无处可去的灰心，因此很懂得去体谅。而你也要求自己去体谅。很早之前你就学会，同理心是一种必需。你想这是一种体贴，一种经历过时间所带来的成长，你懂得站在别人的立场去思考，而不只是用自己的想法去判断事情。也因此，当他向你述说前任情人如何弃他于不顾，上一段感情的伤口还没痊愈时，你也只是点点头没说话，希望可以用温柔包覆他。

你用倾听替代提问，用微笑替代催促，不强迫、不勉强，总有天他的伤会好，只要他需要，你都会在。然后，有天他就再也离不开。他需要的是时间，而你只需要付出点耐心就可以。

那时候的你千思万想，唯一没想到的是，他会回去。他们旧情复燃了。事前征兆不那么明显，可能只是几天的较不热络的聊天，或许是他脸书上动态信息更新得较慢，但他并没有消失，只是比之前回应得较少、较慢，如此而已。你猜，应该是他最近比较忙的缘故，过几天就会好转。你有的是耐心，缺的只是他的回应。这是你所能想到的最合理解释，但你忘了，爱情从来都不讲究逻辑。

一直到从某个人嘴里传来："他跟她复合了。"你才惊觉，你的最合理，其实只是架构在自己的想象当中，而爱情的出乎意料、措手不及，也都是架构在合理上头。跟着你才明白，原来自己无法拥有的不只是"女朋友"的称号，而是"追根究底"的权利。你跟他，你从来没有立场过问，就像是他的无故消失，也同时让你没有了角色可以立足。

原来，是自己把有耐心变成了一种耐力赛，你们之间需要

最多的不是不急躁，而是忍受力。自始至终，你以为在跟自己比赛的是时间，没想到其实是他。你终于这样理解。

但其实你并不难过，而是灰心的感受大于悲伤。你忍不住沮丧了起来，原来自己每天的问候，比不上她深夜的一则短信；原来自己每天的关怀，比不上她一时的脆弱。终于，你才记了起来，原来一直以来你们聊天的话题都围绕着她。你早就知道，爱情从来都不是努力就行，不像考试只要用功念书就有拿高分的机会。爱情，从来都不是公平的。你很清楚知道这件事，只是没想到自己会败得这么彻底。

原来，一直以来你都在他的决定之外。你以为自己的温柔陪伴终会有收获，但从没想到，他真的只把你当个陪伴。

最后你终于懂了，虽然爱情的确需要耐心，因为两个人不同，所以需要时间去沟通协调，再齐步向前，这是一种学习的过程，最后会累积成一种坚韧。但这指的是两个人已经在一起的时候，如果还是一个人，则要多留点时间给自己。而他心里的难关，过不过得去其实要靠的不是别人，而是他自己。

不是谁有本事让他的伤口痊愈，而是他愿意让谁成为它的药方。最后你更这样感悟到。

最后的最后，你知道耐心是好的，但要放在对的地方才是好。也就像是感情，要爱对了人，才会好。至少你要努力不让他的旧疤痕，变成是自己身上的新创伤，你要这样提醒自己。

很久以后你才终于学会，
甜刚刚好，寂寞也要刚刚好，
这样，爱情就会很好。
爱情就像温度一样，
太冷身体受不了，太热也会生病，
适当就好，舒服就好。

Chapter 3

刚刚好的寂寞

甜刚刚好，寂寞也要刚刚好，这样，爱情就会很好

常常，爱情最难的并不是“在一起”，而是“在一起之后”。

比较年轻的时候，你谈的是很近的恋爱，不只是心要贴近，体温也是，你们无时无刻都要相处，一有机会就要腻在一起，不担心温度过高，只怕没了温度。那时候时间对你的意义是“你们再经过多少时间就可以见面”，你们是彼此的时间刻度，很溺，但不腻。这是当时你对爱情的定义，两个人爱的深浅全由陪伴彼此的时间多寡而决定，爱就是要长伴左右。可是最后爱情还是失败了，于是你才明白，原来这只是一种安全慰藉，就因为担心，所以才要把人绑在身边，一种眼见为凭。只求心安，不求理得。

也就是那时候你发现，靠得很近，并不是表示抓得很紧；身体挨得再近，也不说明心在左右。

再稍微长大一点之后，你再谈的恋爱刚好相反。你不再追求时时刻刻腻在一起的恋爱，甚至刻意保持距离，并不是不想见，而是你觉得自己已经大到可以再不需要借由距离远近来证明什么。两个人在一起，只要心够近就可以，而习惯距离则是一种成熟的象征。你把不吵不闹当作一种体贴，只要他好就什么都好，却忘了要问自己这样好不好。

但怎么他还是走了？你在震惊之余也才懂了，这其实是一种全盘推翻，你拿过往惨痛的经验来当作依据，只留下坏的，不留好的，一种矫枉过正。

因为，爱情不只是一人的配合调整，而应该是两个人的步调一致。太快会叫人跟不上，太慢则被抛下，而这，应该是两个人一起努力的事。

可是这些，全都是要“在一起之后”才有机会学到的课题。

你要试图找出你们爱情里的四季规律，然后才能爱得好。

唯有感觉到幸福了，才是爱最舒适的温度。

一个人的时候，再怎么努力都只是设想，这样比较好、那样比较对，但这一切都只有在一起了才说得准。为了一个人，你愿意让步到什么地方；为了一段关系，你又可以妥协到什么程度，推翻自己；然后，再从里面找回已失去的那些，重新定义爱情，找到适合的温度，最后坚定，这些都是非要亲自走一遭之后才能够去明白感悟。

多寡是一个具有比较性的问题，有点抽象，但两个人在一起并不是上班授课，不用按表操演，而是应该找出适合彼此的速度，不勉强、不威胁，取得平衡，一种自然状态。因为总是靠得太近会看不清楚，但距离遥远则会看不见，偶尔近、有时远，才是最好。冷了多穿衣，暖了则轻便，你要试图找出你们爱情里的四季规律，然后才能爱得好。唯有感觉到幸福了，才是爱最舒适的温度。

爱情并没有样板，没有怎样才是最好，别人的爱你无法模仿，但要自己觉得好，才会是好。爱情是，要你们都觉得好，才有可能会好。

很久以后你才终于学会，甜刚刚好，寂寞也要刚刚好，这样，爱情就会很好。爱情就像温度一样，太冷身体受不了，太热也会生病，适当就好，舒服就好。

旧情人的新情人

总有一天，你的旧情人一定会找到新的情人。你很清楚这件事。

甚至可以这么说，从你们分手的那一刻起，你就知道这是必然。只不过时间可能久一些，或是快一点；甚至，可能是你比较快，他比较慢，或者刚好相反过来，如此的差别而已。只是在听到消息的那一刻，你的心跳还是漏掉了几拍，不是惊讶，更不是不愉快，而是一种——失落。

他早就不属于你。你们的生活早就是两条平行线，原本因为两人交往而相识的双方朋友，也都回到了各自的位置，就像是你跟某人借了一样东西，最后还是要还回去一样。就连原本一起认识的朋友，也随着你们恋情的告终而被迫选边站，你曾经觉得这样有点好笑，但后来却发现这样最保险。或许你无法制止爱情的流逝，却可以把损伤降到最低。那时他离开的时候，你就惊觉到一件事，自己不过只是暂时帮某人保管一样物品，即使握有钥匙，也不表示自己是主人。

原来自己是别人的爱情保管员，待时间一到，就要物归原主，他会回到某个人的身边。

关于你们的分手，你当然还是有点伤心。你很努力、很逞强，你对得起自己，所以对于结束你无愧于心。但伤心却跟愧疚没有关系，只要一想起他，你的心还是空了一块。你问自己会埋怨他吗？却发现自己并不责怪他，因为他有多好、有多温柔，你一样都没有少过，只是、只是，你留不住他的好，也留不住爱情。有些时候，生命就是会让人往不同的方向走，生命就是会有些不得不。这无关你的选择，而是一种必然，后来你懂了这些。你并不是迷信宿命，但却相信每个人都有各自的人生。

所以你比较埋怨爱情，因为它给了你机会，却没有给你永远。

有些时候，生命就是会让人往不同的方向走，

生命就是会有些不得不。

这无关你的选择，而是一种必然，后来你懂了这些。

你并不是迷信宿命，但却相信每个人都有各自的人生。

可是，你的心还是跟着又剥落了一块。你曾经把自己给了他，即使最后分道扬镳了，你仍然觉得自己的某些部分，从来都没拿回来过。他是你的某一部分青春，也是某一些你最专心无二的自己。你懂一旦给了出去就要不回来的道理，但你还是觉得他把你最后留在他那边的自己，给丢弃了。

你的失落，并不是在于他有了新情人，而是你们唯一的关联也没了。

你当然想过要看看他新女友的样子，但最后还是说服自己放弃。一开始你以为自己只是胆小而已，但后来才发现不是。你在脑海里试想过几个情节，最后才懂了，就算真的见到了又如何？你们的人生早就没有了交集。而且，爱情也不是比赛谁比较好，而是比赛谁比较适合。就像是你跟他，你们都很好，但就是没有厮守的命。

但唯一可以确定的是，她一定给了他那些你无法给予的东西。

也或许，其实你并不是他的爱情保管员，而是刚好相反过来。他是替你未来的那个他，暂时保管你的爱，是他把生命中的一段空出来陪伴你走一段路，然后让你可以带着祝福上路。你忍不住这样想。因为，其实你很替他感到开心。

就像是你的旧情人一样，你相信自己，有一天，一定也可以找到新的情人。一定。

复合最难在公平

“复合”这件事最吊诡的地方在于，两个人的爱情其实是建立在“错误”上头。

因为，复合的前提是，两个人曾经在一起过，然后分手，现在再选择重新交往。而当初既然会分手，就意味着两个人在某种程度上的理念不合，他把工作摆在第一位，她觉得感觉淡了，他想要一个人生活，或是她喜欢上别人了……无论原因为何，都是一种爱情里的不同步，所以最后才会决定各分东西。也不管过程如何难分难舍，不管结束的方式如何难堪，或是最后某一方心有不甘，所有的总结都是“我们不再是情侣了”的结局。

然后随着时间的拉长，经历过一些之后，可能是几次不顺遂的约会，一些掏心掏肺却落得心力交瘁的对待后，你们突然又想起了对方，忆起了对方的好。而当初分手的尴尬与不服气，都在这些磨难之后有了新的感悟。你们还是觉得对方最好，不然当初不会在一起这么长的一段时间，于是试图想把错误修正，重新再开始。所谓的错误，并不是对方的不好，而是当时分手的这个“错误的决定”。

错的时间与对的人，你们想，当初两个人会分开，并不是因为不适合，而是时间点不对使然。而现在，问题终于已经迎刃而解。错的时间，终于变成了对的时间。

你们也想，这可能也是时间对你们的一种补偿，让你们在绕了一圈之后，可以重获彼此再开始。你曾听说，每个人都应该有第二次的机会，所以你这回格外珍惜。你们像是新的情侣一般，期盼温柔，却拥有经过时间才会有的熟悉，他的小习惯，他的怪毛病，就连走路喜欢靠左边的喜好，都没有改变，你都知道，所以一下就能理解，没有太多的挣扎，仿佛你们从未分开过似的，你觉得这是一个好预兆。

可是，跟着你才发现，复合虽然胜在两个人还有以往的感情与熟悉度，可以很快重新适应对方，但同时也败在你们曾有不同步，也都会跟着一并回来。时间会让一个人年纪随之增长，褪去一身的青涩，变得更加成熟，这是一种必然，再多的保养品都无法留住眼神的转换。但是，却不表示年纪与心思成正比。时间或许可以帮你调整看事物的角度，但并不能帮你把坏的变好，这点要靠自己的努力才行。

原来，复合最可怕的，并不是两个人的过去会紧跟着，而是两个人都把过去的失败归咎到时间上头，觉得只要关系放到现下的时空里，一切就可以得到圆满。

所有的感情，只要真心无欺都是好的，复合也是。爱情无关先后，更没有绝对，然而，复合最难的其实是“公平心”。你们如何只拿上一次经验里的好，而不留坏，然后把彼此摆到对等位置上头，不再翻旧账，不再把过去谁的错挂在嘴边，觉得对方理当多让自己一点，这点才是复合的最大考验。因为不管是什么样的恋爱关系，怕的都是计较。一旦开始计较，情分就跟着消失愈快。

复合并没有谁该拥有特权，一旦决定重新在一起了，就表示自己愿意不计前嫌，用心对待，而不是你低我高。因为，爱情从来都是两个人一起努力的事，没有谁多谁少，只有一起的好或不好。

没有结婚的错

你并不讨厌节日，尤其是过年。但是，“没有结婚”这件事却让你必须去讨厌它。

甚至可以说你是喜欢过年的气氛的，电视上二十四小时不断回放的新年歌曲，清晨吵死人的鞭炮声，都让你有了愉悦的感觉。这是一年当中唯一需要好好庆祝，却没有条件限制的节日。这是属于家人相聚的日子，即使没有恋人相伴，你还是清楚知道自己同样拥有过这个节的资格，而不用被排除在外。就算是单身一人，家人永远都会在你的身边，为此你感到安心。

然后，有一天，你忘了是二十七岁还是三十岁的时候，在年夜饭的餐桌上爸妈开口的第一句话已经从“年年有余”变成了“何时结婚”。第一次听到时你有点惊讶，曾几何时自己原来已经变成了他们眼中的“问题儿童”。于是你开始变得孤僻，待在自己房间的时间也愈来愈长。你一直以为当自己在外面受

你这才惊觉，原来自己的人生是数学公式，

即使前面积分如何高，但因为没结婚，

最后都得乘上一个零。

尽风吹雨打之后，回家就可以安心休息，但才发现还有另一场仗要打。

在你的心里，家原本应该是一处避风港，但却一瞬间就变成了避之唯恐不及的地方。

为此，你感到很沮丧。你不会不知道这是一种关心，只是每当他们使的劲愈大，你就愈感觉到不能呼吸。他们不会晓得，其实你比他们更害怕，比他们更心慌。但“没有结婚”的标签始终贴在你的身上，就像是沉在水里憋气，你说服自己再撑一下，再等一下就可以浮出水面吸气了。“这是他们的关心”，每回透不过气来时，你就这样提醒自己。然后，你开始怀念起过年，以前的年。他们也不会发现，你有多么想，关心是以另一种形式出现。

情人节、圣诞节、跨年，你都可以找到各式各样的方式来度过，或是吆喝几个朋友聚在一起狂欢，稀释浓烈的空洞感，但唯有过年不行。过年是和家人的节日，但你从来没想过，“家人”的定义原来还包含了“另一半”，没有这个“另一半”连年都不用过。

法律已经规定单身课的税已经比较重了，但你不知道，没有结婚竟然会让你得跟着支付节日这项利息。

而关于不能结婚，其实对你打击最大的是，自己竟然变成了劣等生。

你从小就没让父母担过心，虽然成绩不是名列前茅，但也没有拿过红字；进入社会工作，虽然没有坐享高薪，但你每年都能替自己安排一趟旅行，信用卡账单也总是准时还清，一直是个父母眼中的好孩子。你把自己照顾得很好，但没想到就因

为“没有结婚”，一切就前功尽弃。楼上的邻居即使不务正业、无所事事，就因为已经结婚，还是比你强上一百倍。你的独立不再是优点，唯有结婚才是上策。你不服气，但也很气馁。

你这才惊觉，原来自己的人生是数学公式，即使前面积分如何高，但因为没结婚，最后都得乘上一个零。

可是你不懂，他们一方面把没有结婚的你列为劣等生，把结婚摆到人生大事的第一顺位，但另一方面又叫你不要太挑，遇到好的人就赶紧结吧。他们把结婚说得像是去市场买菜一样随意，到头来，你都不确定他们说的婚姻到底重不重要。既然是要相处一辈子的人，就更应该要慎重其事，不是吗？你没有被说服，但却也没有反驳的余地。

因为，你没有结婚。没有结婚是一个错误，而犯了错的人没有倾诉的资格。

然而，其实你并没有刻意保持单身，但就是自然而然走到了今天。你也不排斥有人陪伴，只是知道不强求的道理。两个人在一起需要缘分，以前的你觉得这句话有点好笑，但却是你现在可以想到的唯一的理由。对于未来，你还是有很多的不确定，但可以确定的是，如果将来你有幸能与某个人手牵手，起码是发自内心的真心诚意。

你觉得，或许到头来你还是会让父母伤心。但是，你更知道，不能因为担心会让他们伤心，就让自己伤心。或许你无法对他们负责，但至少你可以做到为自己负责，你如此叮咛自己。

外表，一种爱的务实表现

外表与内在，从来都不是比赛，重点是比重。后来你才懂了这件事。

你曾经很计较这点，觉得为什么男人总是肤浅？总是容易被外表所迷惑？你很不服气，觉得人之所以为人，就是拥有自主思考的能力。但后来你才明白，这原来是一种与世界的对抗，因为你忘了，人之所以为人，就是因为人并不完美。也因此，人才会追求美的东西，这是一种天性，要背道而驰，难过的只会是自己。

“为什么爱情需要建构在外表上？”你曾经也觉得这样很肤浅，但后来你也才懂了，这是因为当没有什么可以凭借的时候，人总会抓住唯一可以依循的东西，就像是落水等待救援的人抓住浮木一样。在爱情的初始，外表便是最容易辨识的东西。相较于所谓的“好内在”，即便是经过相处都不一定能辨识得出来，人心始终难测，但至少“好看”可以一眼就有所察觉。因此，才会被当成感情指引。

你说，人的外表容易衰老。可是，人的心不也是很善变吗？你这才懂了男人在想什么，这是他们的一种务实。

原来这不是一种肤浅，而是爱情的现实面，即使据理力争，还是无法避免。而单觉得重视外表很浅薄，只会被推离爱情更远。

每个人都喜欢美好的东西，你反问自己，其实也一样。只是喜好的表现形式不同罢了。你喜欢幽默、有才气的男生。对于有着忧郁眼睛的人更是无法抗拒，说到底，这其实也是一种外显表现，只是你以为那是一种内心思维。追根究底，道理都一样。每个人都有一种迷恋的爱情原型。

差别只在于，只有外表的好看，可以让恋情加快三个月发

让人长大的不是岁月，而是经历，
以及经历过了然后有所感悟的心。

芽；而有内心的好看，可以让感情多维持三个年头；若真要长久，外表与内心一项都不可以完全欠缺。关键不是哪点比较重要，而是比例多少。这也是爱情的现实面。只有接受了这点，才能够在爱面前自得。

人之所以会成长，并不是因为年纪的关系，随着时间所推移的常常也不是智慧，而是客户服务表上所要勾选的年龄字段而已。也就像是你非要经过一些人事物，今日才能有这样的感悟一样。

让人长大的不是岁月，而是经历，以及经历过了然后有所感悟的心。

就像是你也懂了，美有很多种表现形式，不是只有一种样式。你可以不必跟别人一样，但你要用自己的方式漂亮，你要

美得像自己，而不是某个谁。你也不必要每个人都觉得你很美，但至少，你要让你的他觉得美，就够了。

再说，如果只重视外表是肤浅，那么与其去试图让一个男人不肤浅，不如把力气拿来让自己变好，不仅更简单也更符合效益。也是你的务实。

曾经有人对自己，那么好

一个人要先有能力把自己照顾好，然后才会有余力去照看另一个人。而爱情，应该以这点为前提。

或许是很久之前，久到你已经忘了是从哪里听来的这句话：“女人，就应该要被照顾。”你先是不假思索地收下，然后，在某天它内化成了你的思维，成了你后来的恋爱信仰。你依循着它给的方针去恋爱，过不了这一关的，也进不了你家的门。然后在某天清醒之后，你才看见它的另外一面说的其实是，女人应该要柔弱。原本你以为是占上风的关系，原来不过换了个角度，你就变成了下位。

当然，这并不是说女人非要强悍，说得更多的是，女人不该只有单一的面貌。也就像是爱情一样，有时需要坚固，有时则要柔软，这样才会好。以前的你误会了，所以才会一路跌跌撞撞，不得其门而入。原来人们说的“应该要”，是指爱上一个人自然就会想要对他好，而不是一种必需，纵然方向一样，但出发点不同。表现应对就会跟着不一样，接收到的人感受也会不一样。而这也是很久之后你才有的感悟。

当时的你总觉得好不重要，因为那是基本，不该是拿来作为评断的依据。但现在的你，则必须承认，有时候连想要被好好对待都很难。

也因此，你总埋怨着没遇到好的人，但事过境迁之后你才明白，当时出现的人其实都很好，只是自己没跟上他们的脚步。你也害怕，以后再也不会有人比他们好；而在这之中最叫你伤心的是，当你意识到这些的时候，却都已经错过。原来，曾经有人对你这么好。跟着你才惊觉，自己并不是没有遇过好的人，只是当时的自己看不见他的好。原来，好跟梦想一样，都需要被认同，才会成真。

而那时你所认为的好，其实也只是一种变相的需要被人照顾的代名词。你所评断的所有关于爱的标准，都是建立在性别

一个人要先有能力把自己照顾好，
然后才会有余力去照看另一个人。
而爱情，应该以这点为前提。

上头，而不是爱的上面。可是，爱情并不是靠谁来拯救谁；相恋，也不是一种报恩，因为他对你好，所以你才要对他好。

以前的你，总希望有个人来让自己过得好，但爱情从来都不是谁让谁好，而是让两个好的人变得更好。你终于明白了。

最后你才懂，原来，所谓的“因为你的出现，我的生命才变得圆满”，指的并不是另一个人来完整了自己原本支离破碎的人生；而是，因为他的出现，你原本就有的美好生活有了更不一样的体会与认知，那种更丰盛的感受，一种往上的姿态。你猜或许自己的爱情资质并不好，才会绕了一大圈才领悟这些道理；但你也可以这样想，或许现在领悟还不迟，你努力先让自己过得好，然后期许有天有能力去照顾人。

曾经有人对自己那么好，你希望自己可以牢记这些好的感受，以后珍视别人对自己的好，然后，有朝一日可以留住那些好。

爱情没有谁先爱谁，只有幸福与不幸福

说什么“爱情谁先开口谁就输了”，但真实状况却常常都只是，不开口只会换来输的结果，连赢的机会都没有。

但以前的你并不是这样想，你听过太多的告诫：女生不能主动，否则男生会吓跑；女生要矜持，不然男生会觉得你轻佻；女生不能先告白，否则男生会不珍惜……前人的规劝一定有他们的道理，因此你谨记在心，贯彻实践。即便是遇到了心仪的对象，你仍谨守本分，你会先找朋友推敲，跟着在无数的夜里辗转失眠，但就是没有想过把这些心思传达给对方。你被教导得太好，连先示意的可能性都没有思考过。只是，当时你的不假思索、照单全收，在后来并没有帮助你谈成一段恋爱。

因此，当他在你的面前牵起另一个人的手时，当下你才懂了，原来比起“谁先开口就输了”，败得更惨的是“没开口却还是输了”。若先开口的结果最后仍是打了场败仗，至少还能心服口服、清清楚楚；但要是连表达的机会都没有，却还是输了，只会落得不明不白，连喊冤的理由都找不着。爱情要愿赌服输，你当然明白，可是没参加赌局却还赔上伤心，只会换得不甘不愿，不知道要谁来偿还。

人会随着时间推移进化，爱情的方式也是这样。就像是区别主动与被动的，不应该是性别，而是勇气才对。有能力的多给予一些，爱情就是这样。跟着你也才这样感悟到。

爱情也理当是，若一方先开口了，另一方也应允了，至此就是公平对待。没有谁上谁下、谁高谁低，不是先请求的就是一种理亏，就注定要多付出一点。所有的爱情都是建立在对等关系上，就算是有所让步，也不应该是一种卑微。姿态的高低，不是建立在谁先说爱谁上头，而是因为爱所衍生出来的包容与理解，这样才是对的恋爱。

姿态的高低，不是建立在谁先说爱谁上头，

而是因为爱所衍生出来的包容与理解，这样才是对的恋爱。

而先示好也并不丢脸，死缠烂打才是，以前的你一直误会了。若是多一点点的努力，就可以换得爱的概率，就很值得去尝试。

所有的爱情到了最后，都非得要亲身经历过一遭，才能从里面获得一些什么，不管是好的、坏的，或是最终伤人的，这都是独身一人时所无法体会感受的。爱情模拟不来，你只能靠自己去碰撞，然后理出属于自己的心得。也就像是，若一个男人因为你先开口就因此而不珍惜你的话，那其实只是表示了，你们对于爱的理解并不相同。这样的对象也不该是你的最佳人选。

到了最后，你才终于了解到，如果爱情有所谓的输赢，比的不是谁先爱谁，而是爱成真了没有，先求有，才有资格说以后。在爱里先后并不是关键，重点是去爱了，然后谈了一场好恋爱，跟着幸福了，才最重要。

距离从来都不是最大的考验，没有心了，才是

让一段远距离恋爱结束的，从来都不是里程数，而是脆弱。

很后来你才发现，原来“距离”是一个抽象的名词。它可以用数字来表示长短，几公里或是几公尺；也可以用时间来说明距离，几小时或是几分钟，它们描述的都是两个人相隔的远近。然而，距离的长跟短，却会因为每个人的定义不同，而跟着就有了不同的意义。就像是，有的人觉得两小时的车程甘之如饴，有的人却连十五分钟的脚程仍嫌远，无法去计较。距离，其实是一种自由心证。

也就像是，天天生活在一个屋檐下的人，同样无法保证可以厮守终老一样。因为，爱情本来就不是商品检测表，每一项都合格就表示会持续热销。爱情从来都没办法有品质保证，也没有保质期限。更因为，每段爱情会有自己的样貌，而在大多数的时候，爱情都只是两个人的事。而距离的意义也不在于地图上的比例尺，你曾经谈过挨得很近，但心却很远的恋爱，所以你懂。

距离可以计量，但心却永远难测。或许距离无法被超越，但你只求心不会因此被磨损丝毫。

你当然明白，人在有时就是很难坚强，尤其是当距离加上了时间之后，寂寞来袭，所有的坚强都会变成脆弱。就像是因为低温而结冻的玻璃，看似坚硬，其实不堪一击。那些“因为我最需要你的时候，你不在身边”“因为我触摸不到你，但她在我身边”“因为我需要的是有温度的拥抱，而不是冰冷的电话”的言语，你被告诫过不下数百次，也从别人的经验听到了教训。甚至你也看过无数个这样的例子，都验证了远距离恋爱的下场难堪，所以更知道它的难处。

因为爱情本来就不容易，加上了距离就更难，要是再乘上时间，就更加不简单。然而，同样你也听过，两个人克服难关仍然厮守的事。跟着你才惊觉，距离并不会削减了一个人的爱，

你终于理解，人离得再远，

并不会拉开感情，只有心先走远了，爱才会崩塌。

削减的只有意志力，而先放弃的人，只不过是把原本的爱给了另一个人，如此而已。

原来，距离拉得愈长并不是代表与脆弱的等幅度，而是考验着两个人的坚定程度。

于是你终于理解，人离得再远，并不会拉开感情，只有心先走远了，爱才会崩塌。而面对“距离”这道无法克服的课题，你只希望自己不要先投降，或许最终结果仍会是一样，却会因为过程不同，跟着让你的心情变得不同。你不要自己是一个轻易放弃的人，你曾被这样对待过，所以更期许自己不要变成那样的人。爱情不可以是便宜行事的结果，只挑简单的去做，因为多廉价买来的就有多容易毁坏。

因为你更知道，在爱情里面，距离其实不是最大的考验，没有心了，才是。所以，你不要在两个人还有爱的时候，就先不要了爱。你要试图去克服这道难题，每段爱情都会有自己的课题，然后再期许自己还要继续去爱，一直到不能再爱为止。

一个人要先开心，两个人才有可能会铭心

一个人不能依赖另一个人的给予来得到快乐，这样太不自然了，而且也太不保险了。

终于，在连电话也转了语音，按下了“停止通话”键之后，你这样想着：“之后他会怎么说呢？”“刚刚信号不好”，很好；“我没接到你的来电”，很好；“手机放在包包里，没听到”，这样也很好。这些理由或许都是真的，但更确定的是，无论如何都记得要开心，你这样提醒着自己。

这是你从前面几段恋情总结出来的心得。如果说，之前濒临发狂的经历有带给你一些什么的话，或许就是这件事。相处里所有的小细微，其实都是一把小刀，每不开心一回，就往心上划上一刀，一直到最后遍体鳞伤了，才会发现再回不了头，就连后悔都来不及。

那些你曾经以为天会塌下来的事情，在失去了之后，才发现原来都只是无关紧要的小事罢了。所以，你开始学着不把刀拿在手上，不再用尖锐的方式去处理两个人的关系，因为这样不仅伤人，且不利己。

爱情里常常是非难分，争理、争理，争到最后不见的都是里子，更何况是在黑白不分的模糊地带，面红耳赤并不是一种恋爱的方式。再者，爱情更没有所谓的输赢。

爱情是两个人的，两个人一起过日子、一起前行，却不表示自己要依附着对方。所谓的“我们”，仍旧是复数，你们可以一起生活，但不是只能去过其中一个人的生活。你可以将对方的悲喜感同身受，却不用再当作唯一的依归。就像是找不到他的人，你的世界仍旧要继续运作，你还是可以拥有属于自己的开心。

一个人要先开心，两个人才有可能会铭心。这是爱情里很

难的功课，你们有各自的生活，却不跟两个人的生活起冲突，在一起的时候很好，但各自也能过得好。

这点很难做到，你当然知道。要是简单，你也不会之前败仗吃了这么多次。也不是那么容易就可以学会，甚至说，一辈子都不可能学得会，爱情就是难在它的可变性，但也珍贵在它的独特性。所以你只能努力让自己做得更好一些，而这一点，或许就是爱情成败的关键。

相爱最重要的功课是包容，然后记得温柔。而这里头就包含了挑选，什么是该在意的，什么又是不该责备的，一种关于爱里头的去芜存菁，把锋利的磨平，让两个人可以一起过得更好。至少你努力让自己可以先做到。

也就像是你也知道，你不能要求别人给你爱，却希望自己给得起，并在别人给予的时候接受。这是你对自己的期望，不是对别人的。

每一次的相恋，都是一场命中注定

看到电视新闻里一个谁为了谁玉石俱焚的画面，那瞬间犹如当头棒喝，你终于懂了，最可怕的爱情并不是谁不要你了，而是你觉得这辈子再也不会有人来爱你。

原来你也曾是那样的自己。因为别人不要你，所以你也不要自己；因为别人辜负了现在的你，所以你就辜负未来的自己。更因为眼前无计可施，所以才用激烈的手段来留住他，愚蠢也罢，被嘲笑也没关系，只要他还在就好。你不作他想，你的爱情是他，如果他走了，爱就从此不再。你用他的离开来说明自己与幸福的关联。

一直到此时回想起来，才终于觉得有一点可笑。当时的你以为再也离不开一段伤心的恋情，没想到最后却是因为伤心救了你。因为在很多时候，人之所以不肯松手是因为不甘心，因而还能忍着，因而无法罢休，所以怎样也听不进去别人的劝。

要一直到某天痛到受不了了，就像是滚烫的水浇在手上，才肯放手，才终于能甘愿。这是一种犯贱，但更多的时候却也是不得不经历的事，知道痛了，才学会松手，才学会在往后的日子不过了头。

因此，跟着你才懂了，原来当时所谓的“没有他，你就活不下去”，其实只是自己的不想活。就像是你当时的无路可退，其实不过也是自找死路。

就因为你觉得对方是你的唯一，所以你才会不相信其他幸福的可能性，才会觉得以后再没有人给得了你幸福。你也曾以为这是一种坚贞，后来才发现原来这不过是一种偏执。因为你当初之所以会如此地固执不肯放，在很多时候其实并不是因为他很好，而是你觉得以后不会再有人对自己好。就因为害怕，所以你才把他当成了唯一。你的命定，原来是建立在否定自己

总是这样，我们从别人的身上看到自己，
然后再从别人的故事里获得醒悟，
在爱情里我们很难先知先觉，
所以才会觉得后知后觉也很珍贵。

上头。

于是你也终于感悟到，其实每一次的相恋都是一场命中注定，因为我们无法预测爱情的降临，无法掌握在哪个转角、哪朵白云下会相遇，然后跟某个谁在一起，它的不可预期，正好就说明了它的独特性。也就像是，在遇见他以前，你从没想过会有人对你这么好，你会爱他到当成此生的唯一，因此，也才会在他离开的时候如此不能自已。

可是爱情常常就是要经过一连串的试炼，从不想活里活了过来，才能真正听进去过来人的劝诫。这是必经的过程，很苦，常常自己都觉得熬不过去，但也唯有挺过来了，才能真的知晓其中的滋味。才能明白，在爱里不能总是卑躬屈膝，挺直腰杆有多重要。也就像是，你学着不再注视自己的欠缺，而是去看自己的拥有，再学着分辨知足与无餍。

总是这样，我们从别人的身上看到自己，然后再从别人的故事里获得醒悟，在爱情里我们很难先知先觉，所以才会觉得后知后觉也很珍贵。就像是今天。

因此，今后你终于可以如此去想了，不管是谁在你的身边，这个人就是唯一。都要把他当成最爱去对待，只要够努力，就可以少依赖点运气。然后有一天，你现在的唯一就会变成以后的所依。

你开始学着往后的每次恋爱，把某个谁当成唯一去爱，而不是此生的唯一。

爱情没有新旧之分，只有好坏的差别

在很多时候，伴随着时间所带来的，并不是自己变得更加聪明勇敢，而是自己看事物的角度不同了。

于是，事情才有了转圜，情节才得以延续，故事才能未完待续。因为爱情是两个人的。当初之所以能够走在一起，就是因为在那个时候的彼此对爱有了共同的理解与期望，所以才能够相伴，才可以厮守好一段时间。然而，时间是流动的，之所以最后无法终身，是因为人会随着时间而转变，常常是一种不得不。或是当发现时，惊觉竟已经走到了这里。这里，是一处不小心、不经意，却截然不同的境地。所以你们才无法再继续一起往前走。

而之所以会分开的原因，并不是因为两个人都不一样了，常常只是，其中一个人变了。因此你们的步伐也从此不相同了。你觉得他再不是你当初认识的那个人，而他，因为时间的变化对你的理解也跟着不同了。在彼此的眼里，你们都不一样了。时间用不相同的方式，在两个人身上产生了作用，你们再也不是对方初相识的那个人。

你才懂了，原来在爱情里追究的不是谁变了，因为原地不动其实也是一种变数。爱情，只求同步，不讲不同。

如同路途中偶然相遇的旅人一样，你们在某一时刻的某一个点，相遇了，点头微笑了，于是结伴同行。然后，在某一天的某一片刻，再用相同的理由分开。就像是走到了岔路，他决定往东，你则想要向西。所以你们挥手，但也因为伤心，所以不道再见。原来爱情有时间性，你终于这样感悟到。但终究你还是明白的，你们并非谁真的对不起谁，没有难以磨平的歧见，也没有坚固难摧的怨怼，更不是没有爱，只是你们都用各自的方式选择了爱情的走向，如此而已。

离开之后，你开始一人生活，学着从过去的经验中找寻答案与出口，然后努力让自己过得好。再然后，你又遇见了某个谁，谈了恋爱，一起生活，可到了最后仍然无疾而终。每一次的失恋你都伤心欲绝，爱情并不会愈挫愈勇，只会把心愈磨愈脆弱，连勇气都跟着一并缴回。然后，他又出现了，你的旧情人。

你们聊天、散步，相视而笑，你发现默契都还在，当初让彼此喜欢上的特质也都在，你们又相视而笑。然后犹豫要不要再牵手。你几乎忘了当初非放手不可的理由是什么。你努力思索那个时候的难题，跟着也惊觉了，那一些碰撞坚持原来不过都只是小事，然而这些都是要走过一遭才会明白。这就是时间的魔力，它让不重要的变得荒谬，把不小心忽略的变成珍视。

于是你也才发现，那些当初时间给予的难题，现在也因为时间得到了解决。你们又开始齐步了，就像是当初一样。

最后你会这样想，或许，你们第一次的相恋，只是一种预演，让你们先熟悉彼此，然后分开，再各自去学习，目的就是要变得更好。而这一切的一切，指向的都是再一次的相遇，这就是之前之所以会分开的原因。而分开后所学到的终于派上了用场，这次，才是属于你们真正的恋爱的开端。

当然，人还是会一直转变，只是也就跟青春期一样，随着岁月推移，人都会慢慢形成自己特有的样子，然后变动就会跟着渐渐减少。

最终是，爱情并没有新旧之分，只有好坏的差别。而他，是你的很新的旧情人，你们也开始准备去谈一场很年轻的老爱情。然后看看这次，是否会不小心就走成了永远。

都会过去的。或许时间会久一点，
但总有一日，受伤的浪潮终会退去，
只是在那之前，需要先用点耐心等待。
在复原前，你要努力拥抱住自己，
不让自己再受更多的伤，
因为在有些时候，维持现状不继续恶化，
就是一种痊愈的方式。

Chapter 4

我们都会好的

都会过去的

在那一段时间里，只要一想起他，你就会看见海浪迎面袭来，跟着把你给卷走。你被困在回忆与无法抵达的未来中间，动弹不得。

他离开的那一天，就像是海啸来袭，轰隆轰隆地满天巨响，浪涛一波波侵袭，耳鸣、目盲、刺痛，你无法反应，手上仍抓着干爽柔软的毛巾却来不及使用，跟着就被淹没。不只是周遭的一切，就连你也差点被带走，泪眼婆娑，突然之间你的世界一片荒芜。那些费尽心力打造出来的王国，刹那间就毁坏了，那一瞬间你就明白了，原来没有什么是恒久不坏的。再坚固的东西，其实都要比想象中来得脆弱。

也就是从那一刻起。你的日子从此风雨飘摇。你曾经以为自己幸存了下来，后来才发现真的只是侥幸，你从来都没有真的好起来，海啸也从未曾过去，所以才会一遍又一遍地被侵袭。

那条毛巾始终都在你的手上，紧紧抓着。

“活着，才有机会可以看见新的风景。”朋友常常这样告诫你，你听过数百回类似的话语，却从来没有真的得到安慰；“都会过去的。”朋友也会这样说，但再没有其他指引，没有任何一个词语可以给予你明确的方向。你清楚知道他们都是立意良善，都是真心想要帮忙，但他们愈是安慰，你却反而愈是愤怒。你的愤怒是因为你感觉这样的话语其实都像是否定，都在说着你的不够努力，所以才会一蹶不振。他们的安慰到了你的耳里都成了一次次的指责，来回刮着你的伤口，即便你知道这样想只是自己的偏执，但也因此你才会加倍愤怒。

而在这所有之中，你的愤怒在于，你气自己为什么好不起来？为什么还要为一个离开自己的人闷闷不乐、蹉跎自己？你最生气的其实是这件事。你也在指责自己。

把“都会过去的”

变成对自己的一种祝愿、一种期待，

然后，等待着天空放晴，

在一个无风无雨的日子花点心力重建自己。

跟着你终于懂了，处在黑暗里的人是看不见任何东西的，因为没有光线，所以唯一看得见的东西就是成片的黑，然后，冷不防回忆就会从暗处冒出来。你的生活岂止是灾难片，还是一部灵异片，无法预期、满怀恐惧。所以你才会听不进去任何的劝。

一直过了很久之后你才感悟，原来“都会过去的”。其实并不单是一句安慰的话，更是事实的陈述，就像当初打散你们的海浪一样，终会趋于平静。而其中最大的差别只是自己何时松手。要确定一个人不是自己的未来是件痛苦的事，可常常就是非得经过这样的椎心蚀骨，才能够甘心收拾往事，才能承认所谓的深刻都已经被抚平，然后才能去拥抱另一个未来。

都会过去的。或许时间会久一点，但总有一日，受伤的浪潮终会退去，只是在那之前，需要先用点耐心等待。在复原前，

你要努力拥抱住自己，不让自己再受更多的伤，因为在有些时候，维持现状不继续恶化，就是一种痊愈的方式。即便不是那么积极，但至少能有点进展。

把“都会过去的”变成对自己的一种祝愿、一种期待，然后，等待着天空放晴，在一个无风无雨的日子花点心力重建自己。不只是身体康复，更是心理的健康，然后有朝一日再去给予另一个人健康的爱。

吵架之前，你先学会和好

吵架的人是没有耳朵的。在某一个争吵的瞬间，你捂住耳朵抵挡住声音，不过是一个不经意的动作，突然你就明白了“吵架”与“沟通”的差别。

原来，吵架和沟通最大的不同并非来自音量的大小、词汇的力道或是表情的张力，而是耳朵。前者是两个人只顾着说出自己的想法，非要对方接受，也不管对方想不想要，然后，耳朵关了起来；后者则是，两个人在听对方说话，在自己的嘴巴张开之前，先在意自己的声音有没有传到对方的心里。

就像是爱情里的一心多用，讲的其实不只是同时爱上好几个人，而是人类本来就是只能专心的生物。就像是吵架，因为一次只能使用好一个器官，要么口、要么耳，很难两全其美，所以嘴巴张开了，耳朵能听到的就不多。原来这是人的一种本能，它要我们只去爱一个人，也只能同时去做一件事。所以，吵架和沟通不同，或许在极少数时候吵架可以是一种沟通，但事实上常常是，吵架就只是吵架而已，再没有其他的了。

吵架，只是一种为自己好，而忘了爱情是两个人好，才会好。

因为吵架的立足点就是一种否定，要先认为对方是不对的，所以才能够理也直气也壮，愈是觉得对方错，自己的声音就可以愈大。我们很容易就把音量跟正义画上等号，然后据理力争。也太容易就误以为，吵架是一种对话的形式，以为话只要说出了口，就是一种传递，但忘了过量的音波震荡会阻断回路，自己的心声半途就毁坏，对方永远都接收不到。

吵架向来比的都是谁的声音大，而不是谁的话最中听；吵架计较的是谁的口才好，而不是谁说的对与错。所以你才会把耳朵遮住，原来这是一种自保，这是一种动物的求生本能反应。其实你最害怕的是，言语不只刺痛了耳朵，更往心里去，从此你就再也好不了。因为，吵架从来都不是争道理，而是比谁先认输。但沟通不是，沟通比的是谁把对方的话听进去更多。

吵架从来都不是增进感情的方式，
让感情变好的方式自始至终都是沟通，
都是那些伴随着争吵之后，
跟着学习而来的体谅与包容。

你这才懂了，吵架是一场耐力赛，比的是体力；沟通需要的则是耐心，比谁更有心。

吵架，终究只是两个人将自己的自私说出来，然后希望对方接受而已，从来都不是一种理解。说出来的话，常常都只是为了让自己好过一点，而不是要让感情变好一点。更不要说那些未经思索的言辞，总是伤身又伤心。因此，吵架从来都不是增进感情的方式，让感情变好的方式自始至终都是沟通，都是那些伴随着争吵之后，跟着学习而来的体谅与包容。

打可以是亲，骂可以是爱，但如果学不会疗伤，伤口就永远好不了。就像吵架，要是学不会和好，吵来的只会是伤心，输掉的永远都会是真心。

所以你再不打算跟他争输赢，在练习吵架之前，你想把和好先学好。

爱情是汽水与水，汽水是“想要”，水是“需要”

原来，不只人会长大，爱情也是。而王子也是，总有一天要离开白马。

年纪小的时候，“白马王子”是一种具象的描述：高大、英俊、多金……你可以用上百个词语来建构出自己所向往的典型，你的要求看似很多，却谈了一场又一场不成调的恋爱；年纪稍长之后，“白马王子”则变成抽象的描述；温柔、孝顺、善良……你用的词汇变少，条件也比以前还要低，但不知怎么爱情却变得更难。

以前的你追求新鲜刺激，你的理想典型都有个样本，然后追着它跑，就像蚂蚁只要一嗅到甜味就靠近，但尝完之后却发现只换来几百卡的热量，因此即使得来了，也容易失败。而年轻的你也不怕碰撞，所以只要有一点希望就足够让你奋不顾身；但现在的你，则是把从前几段感情学来的当作判断基准。跌撞了几次之后，你才开始把现实归纳进来，你不觉得这是一种跟现实的妥协，因为爱情一直都包含现实面，本来就无法切割来看。

爱情是一种经历，会磨掉自己的不满足，然后萃取出珍惜，还有善待自己的方式。

也就像是，年轻的时候，你不知道自己需要什么，却说得出自己想要什么；长大之后，你清楚了自己对爱情的企求，却反而无法具体描述出它们是什么。后来你才明白，原来这是一种爱情的转换，不言而喻，不用说明，其实自己都明白。因为在历经过几次爱情的磨炼后，你慢慢也懂了，每一回的恋爱都是一次洗涤，会一层一层孵化，剥掉自己对爱的不切实际，最后留下本质。而每次的心碎也都叫你正视自己，而不只是单单凝视对方。

其实你的白马王子一直都是同样的典型,那些被淘汰掉的,原来都只是自己的天真而已。因为白马王子说的是一种“需要”,而不是“想要”，如同爱情，到头来你发现自己盼着的是“适合的人”，而不是“设定好的人”。以前的你，只管什么是自己喜欢的；而现在，你则学会去看，什么才是自己最需要的。

原来、原来，爱情就像是汽水与水，汽水是“想要”，水是“需要”。走了这么多趟，就是为了让你搞清楚这件事。

糖分是一种诱惑，每个人都无法抗拒，但随着年纪增长你真正有了选择的能力，而那些失败的爱情都是来帮助你学会这件事。你学会什么才是对自己好的？什么又是对自己不好的？然后可以抗拒。就像是汽水与水，甜味或许让人喜欢，但真的能赖以维生的，还是水才行。而你的白马王子也是如此，不用华丽炫耀，却要真心无二。

你已经过了追逐人工甜味的阶段，可以分辨好坏，现在只想要好好生活，好好对待自己，然后，好好地相爱。

现在的你，站在爱情面前，在问自己“想不想要”之前，先问自己“需不需要”。

爱与被爱都好，只要幸福了，就很好

原来，会跟随着时间变化的，不只是人的外表面貌以及看待事物的角度，还有爱情。

这并不是说爱情抵挡不过时间，因为所有的事情本来就都包含了时间，会随之转化流转，然后变成另一种样子，不管你要不要、想不想，都是一种必然，没有人躲得开、逃得过。想要把时间完全隔绝在外，才是一种天真。当然，这也不是说所有的一切终会变坏，而是不被时间拖着走的方法并不是逃避。应该是一起前进。试图把那些可能是不好的，变成一种收获，才是与时间抗衡的方法。

你深刻感悟到这件事，是当自己开始选择“被爱多一点”的时候。刚开始恋爱的时候，体力很好，耐力也够，你有的是爱，无处宣泄，所以只想给，也不怕给。那时候的爱情是建立在无条件的付出上，这并非是你不需要回报，而是你觉得自己可以不顾一切地给予。你的爱，是一种对自己的不闻不问，只管看着对方，对方的一点响应就足够喂养你，很知足。

再后来，谈过几次未果的恋爱之后，你才发现，原来即使用尽全力也不一定能够保障爱情，当然你也明白了，原来“爱是一种付出”是假的，心碎才是真的。而且，很痛，痛到你一度以为自己再也无法痊愈。所以碰撞过几次之后，你终于开始退而求其次。你选择“被爱多一点”，因为如此一来，即便最后还是弄碎了爱情，至少你还可以保全自己，你这样想。这是一种爱的妥协。

可是，能如愿的就不叫爱情，爱情从来都是一连串的经历与体会。

所以，你还是心碎了。也就是这时候你才感悟到，没有一种破碎的爱会叫人不伤心，只要是真的爱了谁，都会神伤。于是你把建构起来的又给推翻，在爱人与被爱之间拉扯，如此反复。你曾听人说过“被爱是幸福，爱人是痛苦”，但真的经历

过你才懂，原来痛苦也可以是一种形式的幸福；被深爱也不一定就能圆满。

因为爱情是一种总结出来的感受，你在其中所做的一切都是为了获得一种欢欣，一种发自内心深处的满足，不张扬、不炫耀，不言而喻的一种幸福。而付出愈多，则会让人感觉愈投入，爱情的感受也会更加强烈；相反的，接受得愈多，也容易让人变得被动。

你当然也知道，最理想的爱情是爱与被爱的比例一样，但完美可遇不可求，真要勉强去得到往往只会落得心力交瘁，而爱情，其实从来都不管谁多谁少，讲的都是你来我往，一种关于爱的互动。可是这些事，都非要走过一遭才能够体会、真心接受，这就是时间之于爱情的意义。

最终时间教会你的是，不管被爱或是爱人，爱情不分形式，感觉幸福了，才是唯一的指标。

全世界只要一个他的爱慕，就足够

有人嫉妒你的爱情其实是一件好事，因为那是一种羡慕，表示你的爱情真实存在，因为人不会跟想象计较，所以，你不能被无形的流言蜚语打败。

“他们怎么会在一起？”“他的另一半长这样？”……这些疑问句总结起来，结论都是：“她怎么配得上他？”“他怎么会喜欢她？”你听过太多次这样的话，有好长一段时间，你以为自己已经能够淡然释怀，但每每听到心还是感觉像被针刺了一下，你会缩起肩背，眉头也皱了起来。跟着，这些言语都会延伸出“这一定是真爱”这样的结论。

你被这样的话伤过很多次，你曾经以为两个人在一起，是要花最大的力气来经营关系，互相磨合调整。但没想到你最大的力量却要拿来抵挡外面的飞短流长。但在真的经历过一遭后，你才明白，那些近乎嘲笑的诋毁，不过都只是用来帮你厘清自己，然后更加努力。因为，所有的爱情都是两个人在谈，但怎么只要有人说话自己就会被干扰动摇，你以前就懂的事，现在因为这些话才终于又记了起来。

那些恶意的词汇，原来作用都不是往你身上扎，而是让你剥掉自己的脆弱，变得坚定。就因为他们的那些话，你才学到这些。

然后，你才又想到，真爱？每个在爱里打滚的人，追求的不都是真爱吗？原来他们的恶语其实是一句最衷心的赞美，只是少了祝福。但祝福从来都不是爱里的必需品，真心才是，为此，你要先庆幸自己已经拥有了。

或许，你没有一般人认定的理想外型，但如果长相真的是恋爱里最重要的指标，怎么一堆面貌姣好的女星仍旧是孤家寡人？如果身材真的是两个人关系里最大的考虑，怎么还有那么多S形曲线名模结了婚又离？外型，或许会影响爱情，但真的能够走得久，则跟契合度比较有关。没有一个人能是完美的，你不用让全世界觉得你很美，但只要在他眼中你最美就好。

因为，美丑是一种主观。没有人可以规定你怎么样才称得上是美，黄金比例只能量出腰到脚底的距离，却无法测出两颗心的远近。

当然，你也会羡慕那些称得上几近完美的身材和长相，也试着努力去变成那样。追求更好是一种上进，你可以努力去变成另一个人的样子，但前提是你自己先要喜欢，无论变成怎样，你都要认同自己才行，而不只是变成别人喜欢的样子，这也是你很久之后才领悟到的事。

卫生署公布的体重数字只能表现出一个人健康与否，而不是美丑的度量方式。不必要试着想要讨好所有人，只要专心讨好自己的爱就可以。就像是，你不必要所有的人都认同你们的爱，但一定要自己先同意了才行。

最后你才懂了，会爱上一个人，都是因为他的优点，但每个人的优点都不相同，你不需要全世界的眼光，只要有你的他能够爱慕，就足够。

爱情的终点不是婚姻，是从此以后的幸福

不，不是的，爱情的终点不应该是结婚，而是从此以后的幸福。婚礼可以是一种通往幸福的方式，并不是一种规范，你终于明白了这件事。

我们从小就被教导走路要靠右边，因此从来都没有思考过走左边的可能性，靠右走是一种约定俗成，维持的是一种社会秩序，一种大众便利。但是，结婚并不是一种秩序，更不会是一种通往幸福的快捷方式。就像是第一次到日本后，你才发现，原来他们开车是靠左边一样，那时候你才惊觉原来自己可以拥有其他的选择权。配偶栏是否要填上谁的名字这件事也是一样。

女人从小就被教导要找个好男人嫁，一生才会幸福，那几乎是一种信仰，于是，你也不作他想。但长大一点后你才意识到，那其实是一种依附。以前，女人仰赖男人而活，依靠婚姻给予生活保障，从来都不是依循着自己。然而现在，女人早就靠自己过活，早已经是独立的个体，再不需要结婚证书来帮你稳固些什么。

其实你选择的并非是不婚，而是一种可预期。婚姻不能承诺些什么，你早就清楚，但至少在步入礼堂之前，你要自己先有从此以后会幸福的预感才行，一种不需要解释的坚定。在谁来说服你之前，你要先说服自己才行。

或许因为见过许多失败的例子，也或许是自己亲身遭遇过几次碎裂的关系，所以才更明白爱情的不可测，才更清楚人心的难以掌握，因此变得无比谨慎小心。也因为失望，所以你曾经怀疑过爱情，跟着延伸到婚姻来，你担心最多的并不是婚姻会让自己的自由受到限制，自始至终让你最担心的都只是，会不幸福。所以，你才却步。

没人知道其实你很害怕，你很害怕要是再思考的话，会不

结婚从来都不是一种保障，

而是一种信赖。

你信任对方可以依靠，你信任对方会对自己好，

你信任自己跟他在一起之后，

从此都会很好，这才是婚姻。

会选择愈来愈少？你害怕再不选择，以后就会没得挑选。你害怕的是，时间在自己身上产生的意义不再是好处，而是那些避之唯恐不及的难堪。所以，你当然也想过要妥协，但跟着才惊觉，自己拿出去交换的竟是一直以来最珍视的爱情。你小心翼翼守护了这么久，却只消一个念头就差点一文不值。

你才懂了，因为害怕输给时间，所以你用心去换取了些什么，原来是自己把时间变成了恶魔。这点，更叫你害怕。

最终，你清楚地知道并不需要靠一张证书来保障些什么，你不是抗拒婚姻，就像爱情一样，它们都是好的。只是，要遇到对的人，才会好。因此，你不想贸然结婚，不想因为时间的压力，就回过头来对自己施压，你学着不去跟时间为敌，而是试图去调整自己的步伐，定出自己的节奏。你想，有一天，如果有那么一天，你步入礼堂，披上的会是信仰与坚定，而不再是那些未经思索的人生训诫。

因为，结婚从来都不是一种保障，而是一种信赖。你信任对方可以依靠，你信任对方会对自己好，你信任自己跟他在一起之后，从此都会很好，这才是婚姻。

两个人的条件很难相同，但两颗心的分量却要相近

菜，是要长在地上的，有土壤水分才能茁壮，所以你猜，天菜就是因为生在天上，缺乏灌溉滋养，才会长成骄傲。一种适应不良的后遗症。

这几乎是一种惯性，奉承会增大胃口，阿谀会造成浅薄，所以特叫人难以亲近，而费尽心力靠近了，却又弄得浑身是伤。你追寻过天菜，然后重摔到地上灰头土脸，所以才懂了这件事，例如，高攀不上，原来天菜远在天边的理由其实并不是什么外貌财富，捉摸不透的从来都是他的心理状态，那些伴随着好条件而来的恃宠而骄。但当时你却甘之如饴，因为觉得自己如获至宝，所以不敢怠慢。

先是让步，然后降低要求，最后再不问是非，你认为这是必需，因为他是天菜，所以不得不，你也不作他想，全心全意，以为自己终于押对宝，没想到最后一不小心就全盘皆输，然后还不清醒，你还在自责，一定是自己不够好，所以才配不上他。你对自己不闻不问，只要他嘘寒问暖；你不把自己摆在心上，只求你在他心上。因为，他是天菜。但你忘了，爱情常常都跟配不配无关，而是跟爱不爱比较有关，你误把爱与配画上等号，才会一败涂地。

也就是那时候你才明白，跟天菜在一起最可怕的并不是你的忙于奔波、辛勤讨好，而是一开始就把自己摆在下位，还觉得理所当然，于是难以翻身。

就像是上昂贵的餐厅所需要付出的代价一样，跟天菜交往所要付出的是一颗足够坚固的心脏。先不论外面的流言蜚语，要心脏够强壮才能过得了自己这一关，才能够拥有和谐的关系。因为跟天菜在一起总容易叫人自惭形秽。不健康的爱情，怎么能冀望白头偕老。就像是坏的土壤，再怎么努力耕作，仍旧结不出好的果实，你的爱情一开始就在劣势上立足。跟天菜在一

所谓的“门当户对”原来说的不是外表美丑、
存款数字，或是身份地位，而是心理状态。

你唯一能够依循的只有自己的心。
你很难要求两个人的条件相同，
但却可以做到两颗心的分量相近。

起的第一道关卡，就是心的平等，这是爱情的第一个守则，以前你都记得，只是在天菜面前都忘了。

因为，所谓的“门当户对”原来说的不是外表美丑、存款数字，或是身份地位，而是心理状态。这更是你最后终于领悟到的事。没有一样爱情可以是百分之百的公平，所以刻意去追求双方一致的对待付出，反而是一种折腾，一种耗损爱情的方式。然而，即便两人在一起很难要求完全的对等的关系，却一定要达到某种程度的平衡才行。这样的平衡无法用尺度丈量，难以用表格归类，你唯一能够依循的只有自己的心。你很难要求两个人的条件相同，但却可以做到两颗心的分量相近。

爱情最公平的地方之一就是，它不问贫穷贵贱，只管真心与否。而两个人在一起就是一种互动，你来我往，所以爱才显得珍贵。当然，一定也有同时拥有好外在与好品德的人存在，

只是这样的人岂止是天菜，简直是一种难得。如果说遇见天菜是一种好运，那么要见到难得则需要福气，可遇不可求。而你追求的是爱的奇迹，不是人的神迹。

终于，在走过几遭之后，你学会不再以外在的好坏当作珍贵，而是追求内在的良善，因为到头来，这些最难以炫耀夸饰的，往往才是爱情里的最难能可贵；那些眼睛最见不着的，才是爱情里最最实际的。

与其苦苦追寻让人称羡的天菜，不如拥有一个让人回味不已的家常菜。

爱情，可贵的是专一，从此你再也不迷信唯一

痛，不过是一种活着的证据，并不能证明爱的存在，在爱中死里逃生后，你终于可以这样想了。

你想起僵尸片里的情景，毫无生气、行尸走肉，身体终年都感到冰冷，你觉得自己只是迈开脚步，往前踏得再多，都并不是真的活着。日历上的数字代表的仅仅是你们分离了多少个日子，以及提醒你又熬过了多少时间，再无其他意义。自他离开以后，你没有了日夜，也遗失了四季，只有痛的感受。然后，就连呼吸你都要提醒自己不要忘。你是活尸，活着，但已死去，有好长一段时间，你就是以这样的方式在过着。

甚至你一度以为自己再也活不下去，你每日用大量的时间去祈祷，第一，希望他回来；第二，或是明天不要来。这是你最大的心愿。不是选择题，比较像是非题。当时你把他当作生命中的唯一，他是你的真命天子，所以才会以为失去他就等于失去了所有，但现在的你则觉得有点好笑。你曾在他身上建构起全世界，只要自己愿意，有朝一日在另一个人身上一定也可以。爱情或许始于误会，但你希望至少可以终于醒悟。

因为，爱情里可贵的是专一，从此你再也不迷信唯一。撑过那些昼夜不分的日子之后，你终于给冻醒，打着哆嗦伴随着这样的感悟。

也因此你才懂了，之所以没有他就不想活，并不是因为你多爱他，即便你当时多么坚定地这样以为，其实更多的是自己对自己的担心与偏执。也就像是你也以为这是舍不得，但包含更多的却是不甘心。“我为他付出这么多，他怎么能够？”“我对他这么好，他怎么可以？”你还在追究，却忘了他不仅已经能够，而且早也已经可以。原来，最残忍的不是他抛下你，而是你抛弃自己，事过境迁后，你终于可以这样去思考了。

跟着你也才明白，原来当时自己的伤，其实都是在自己的注视下无止境地扩大，就因为你再也无法专心一致地望着他，

你曾在他身上建构起全世界，只要自己愿意，
有朝一日在另一个人身上一定也可以。
爱情或许始于误会，
但你希望至少可以终于醒悟。

所以你才凝视着伤口，因为这是他给你的，是你们仅存的关联，你不能放。一旦放了就表示真的失去了。更因为，只要伤得愈重，撕裂得愈厉害，他就愈轻易看见。

终于你惊觉，原来是自己误把伤痕当作感情的寄托，你用这样的方式继续把自己托付给他，然后以为还有关联，却忘了你们早无牵连。就因为担心自己今后会是一个人，所以你才不管喜悲地要跟着他。

原来，伤痛是不是种纪念，要看它带给自己什么，自己又如何去定义它。如果只是伤疤，再没有其他的，就只是一种负累，不值得怀念。人会离弃，不由自己，但你可以挑选保留与获得的，然后试着重获新生。

就像是痛，你不再把它当作爱，你选择先齐步再越过，而不只是被拖着走。你学习不只是去习惯痛，而是让伤口能痊愈。

“希望你能好”是给自己的祝福

原来，其实自己很怕分开之后，他过得不好。再次相见之后，你才明白了这件事。

你们的分开并不愉快，他用了让人难以接受的方式头也不回地走了，你因而伤得很重，因此才会那么长一段时间避不见面，刻意闪躲两个人共有的回忆。你担心一碰就疼，一不小心就碎，然后无处可逃。更可怕的是，只要再一次见面就会让你粉身碎骨，再也好不起来。没有选择的选择，却是你唯一可以自保的方式。

那段时间，你打从心里诅咒过他，你用了所有你所知道的最恶毒的字眼，在心底、在外人面前狠狠地斥骂他，说他的不是。你也不管理由是否正当、好或不好，你正是靠这样的方式才得以生存至今，遍体鳞伤地活了下来。你希望他不好，你要他得到报应，这样你的爱才可以得到伸张，你的眼泪才有代价。靠着恨他，你才走到现在，才能够有办法像现在一样再回头看。

只是，当初这么确凿的认定，在见到他之后却起了变化。

你们早无关联，而在你的刻意闪躲中，更不曾接收到关于他的一丝一毫，你防卫得很好，滴水不漏。但如今，他又如当初相识时，同样一声不响地猛然出现在你面前，你先是吓了一跳，跟着也发现他过得并不好，可心跳却也同样又漏了半拍。他怎么会不好？当初他之所以离开，不就是因为他觉得那样对自己很好？他不是选择了用对你残忍的方式来换回自己的想望吗？他怎么可以不好？也就是那时候你才懂了，或许爱情很难长久，但喜悲更甚。

爱情里的风水轮流转。但你宁可不要自己相信这是所谓的报应，你只相信正义。只是，你却感受不到一丝胜利的欣喜。

即便当时负心的人是他，现在瞥见他眼里的狼狈，竟没有一如你所预期地使你心生雀跃，反而是不舍。你当然清楚知道

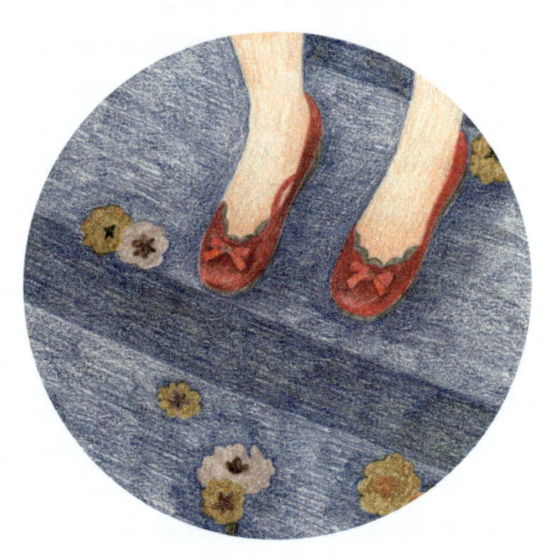

一开始是他对不起你，
但是，你希望用祝福当作结尾，
因为给他祝福，
收获的更会是自己，
最后你终于懂了这些。

那再不是爱，只是自己曾经用尽全力去爱过的人，多少还是会有点情分，所以现在才会多少觉得自己有所亏欠。你甚至怀疑过，自己的咒骂是否成了真，所以他才会过不好。

也就是那时候你才发现，原来自己并不是真的要他不好，而只是希望他对你们的感情表现出一丝的可惜而已。只要一点点的犹豫，不那么坚决。让你知道他也有所不舍，你就足以被安慰。因为如此一来，你就可以证明自己曾经如此被爱过，而不是在谈一个人的恋爱。

跟着你也懂了，原来喜与悲并不是一种互补，也不是加减乘除，没有他少一点，你就可以多一些，一个人无法用另一个人的悲伤来让自己感到快乐。只消对方的眉头一皱，就会跟着挤压自己的一点喜悦，因为快乐从来都不是一种抢夺，就跟爱情一样，你只能尽心尽力，而不是使用蛮力。

快乐从来都不是比较级，没有谁的多、谁的少，只有好或不好。

所以，后来的你希望他可以好，即使你们再不联络，也无须透过朋友刻意绕了一大圈去试探彼此，你们不想有任何交集，但你也不要他过得不好。这并不是说要自己去当一个多么有气度的人，爱情里从来都是小心眼，而是，他好了，你最后那一丝一毫的牵肠挂肚都可以跟着给让渡出去。

一开始是他对不起你，但是，你希望用祝福当作结尾，因为给他祝福，收获的更会是自己，最后你终于懂了这些。

GO
GO
GO
GO
GO
GO

让我们互相保护

年轻时的你，谈的每场恋爱自己都是公主。

你想要被爱、被宠、被疼，王子会斩火龙来救你；一下雨就会有人主动撑伞，不让你被淋湿；才开口说想出去玩，就有人规划好路线。这是你对爱情的定义，那时你最喜欢的字句是“我会保护你”。你对爱情的想象是有人保护，纵使外面世界正在崩塌，他都会帮你扛着。因此，只要谁拿着宝剑出现，你就有了爱的感受。你觉得自己理当被保护。就像是仰赖星座运势一样，你依附着他而活。就因为太想要，所以永远都不够。

你忙着寻求呵护，却忘了呵护爱情。

然后你谈了几场恋爱，努力追求自己想要的爱情，也拼命让自己成为公主，那时候的你被捧在手心呵护，很柔软、很梦幻，但其实很不踏实。而王子的手也总是不够牢，最后你总是摔得粉身碎骨。你以为是自己拥有了对方，但其实却是自己掌握在他的手中，只要他一松手，你就只有下坠的份儿。然后，下一场恋爱你抓得更紧，然后再以跌得更痛收尾。最后，你迷上了星座运势表，希望上面的幸运颜色能够指引爱情的明路，吉祥配饰能够带来爱情的好运，祈求下一次可以爱得更顺遂。每痛一次，你就依赖它们更多一点。

你很仰赖它们，穿什么颜色的衣服，戴什么款式的配饰，甚至约会的地点，你都需要运势表帮你决定，觉得它比气象局的预报还要准确。你在上面画圈打钩，约会前就做好功课，比备考时还要认真。每到年底，你的兴趣就是收集各个占卜名师的一年运势，还有生肖流年，你会跟好姊妹交流分享，然后把预测运势最好的那张留下，其余统统丢进垃圾桶。你也去算命，听说哪边准确就往哪边去，即便预约要排到两个月后你都甘心等待。

你不是迷信，你只是希望自己能有多一点的好运。

然而恋爱无法照本宣科，看了十份爱情预言之后，你却发现只有离孤单更近一些，离爱情还是很远。接着，你才发现，自己之所以依赖星座其实是源自于自己的不安全感。在无所依的时候，星座算命是你对未来仅有的凭借依据。

“爱情”里有两颗心，只有一人无法前进，四只手才可以把未来撑得更牢。一加一或许无法大于二，但能确定的是，一定可以大于一。于是你离开了铺满玫瑰的花床，发现其实门外的风景远比阁楼小窗户看出去的优美。爱情堡垒需要两个人建筑，而不是一个守卫看守。你务实了起来，因为你发现在脱下玻璃鞋后，其实自己仍旧是他的公主。

现在的你，把他摆到自己之前，改变了爱情的排列顺序。

你明白原来自己也有守护一个人的能力，你觉得自己也可以替他挡风，你清楚地体悟到，只要是两个人，无论到哪里都是远方。心是最难抵达的地方，你很庆幸自己懂了这一点。其实，你还是要人宠，但是现在只要他牵起你的手，你就觉得自己是公主。

以前的你喜欢听道：“让我保护你。”而现在的你则偏好：“让我们互相保护吧。”

过节，比不上跟他牵手过街

电话响，朋友来电。

友："打算怎么跟你另一半过节呢？"

你："就吃饭。没有打算特别过，我们其实不太过节。"

友："真是不甜蜜。"

你："就是说啊。"

友："也太惨了，都不会互送东西吗？惨到我都要哭了，他好不浪漫哦。"

你："真的，跟他在一起真倒霉啊。"

挂掉电话，你转身赖回他身上。

你曾经年轻过，觉得轰轰烈烈才精彩，稍有不如意就呼朋引伴去喝个酩酊大醉，骂工作，骂老板，骂那些该死的男人，也骂那些总也得不到的爱情。人很复杂，恋爱很难，只有酒最单纯。你认识了很多人，但隔天醒来一个也记不得。只有镜子里那双血红的眼睛，提醒了你自己有多么狼狈。然后你痛恨自己。

你也曾经历过周末没有上夜店就像缺了什么的日子，非得待到打烊离开才甘心，老觉得时间不够用，你还有好多精力需要宣泄。你不怕账单上的数字，只怕虚度时针与分针。但每回从昏暗的地下室步出室外时，你总被刚升起的太阳照得睁不开眼，就像是吸血鬼暴露在阳光下一样。然后开始觉得自己可怜。

你在夜晚逃入避难所，却发现天一亮后看见镜子里的自己觉得陌生。你当然也收过鲜花与名牌包，几乎就跟伤心的次数一样多。从此你便知道，标签上的数字跟心意不能画等号，你更知道，玫瑰的保存期限没有真心长久，名牌包的耗损比爱情还快。

然后，你遇见了他。他不特别帅，也没有钱，骑的还是100cc的摩托车，他没有以前你约会过的对象好，但你愿意给他一次机会。你想认真对待他，而不是把他当作打发时间的玩伴。于是，你收起了漫不经心。因为你花了好长一段时间才学会，人无法比较，爱情也是。你不再去想，他是否不够好？是否比前一个人差？因为爱情跟“他很好”无关，但跟“他对你很好”比较有关。

许久之后你也才明白了，你一直以为是自己选择了他，其实是他把你从黑暗中拉了出来。

他还是会忽略掉情人节，也总记不住你们的纪念日是十一号还是十三号，却会知道你喜欢狗胜于猫、喜欢海洋多过于高山、蜜月想去的地方是挪威、只吃辣油不吃辣椒、养过一只名叫布布的贵宾。他看到小熊布偶都会买回来，然后装在一个塑料袋里送你。他不懂得精美包装，但你打开袋子发现里面都是真心。礼物可以花钱买，但是温度不能。然后，生平第一次你感受到，过节比不上跟他牵手过街。

从此之后，你再也不惧怕阳光，开始期待每天都在晨光中苏醒，而不是害怕。你不想再回去了。现在，每每挨得离他近一点，你就觉得自己更接近幸福一步。外面五光十色的霓虹也比不过家里那二十八寸的小屏幕，你知道，所谓的幸福，是在牵着自己的那只手上。你开始觉得时间不够用，而不是数日子。因为你总是有好多话要跟他讲，也总是闻不腻他身上的味道。

就像你更清楚地感悟到，你们的爱情并不需要节日的加冕，因为你们有彼此的桂冠。

图书在版编目（CIP）数据

寂寞太近，而你太远 / 肆一 著 .-- 北京：北京十月文艺出版社，2016.10

ISBN 978-7-5302-1552-4

Ⅰ. ①寂… Ⅱ. ①肆…Ⅲ. ①散文集 – 中国 – 当代

Ⅳ. ①I267

中国版本图书馆 CIP 数据核字 (2016) 第 0202245 号

著作权登记号：01-2016-0291

中文简体字版 ©2016 由新经典文化股份有限公司发行

本书经城邦文化事业股份有限公司 麦田出版事业部同意授权，非经书面同意，不得以任何形式任意重制、转载。

寂寞太近，而你太远

JIMO TAIJIN ERNI TAIYUAN

肆一 著

出　版 北京出版集团公司
北京十月文艺出版社

地　址 北京北三环中路 6 号

邮　编 100120

网　址 www.bph.com.cn

发　行 新经典发行有限公司
电话（010）68423599

经　销 新华书店

印　刷 天津市银博印刷集团有限公司

版　次 2016 年 10 月第 1 版
2016 年 11 月第 2 次印刷

开　本 880 毫米 ×1230 毫米 1/32

印　张 7

字　数 150 千字

书　号 ISBN 978-7-5302-1552-4

定　价 45.00 元

质量监督电话： 010-58572393

如有印装质量问题，由本社负责调换。

版权所有，未经书面许可，不得转载、复制、翻印，违者必究。